Früher war ich Spieler, heute bin ich Coach,
beobachtender Familiensteller und Musiker.

Hier erlaube ich mir einen besonders freien
Blick. Je kürzer die Worte, umso wichtiger die
Aufmerksamkeit. Sie entfalten Ihre Wirkung
am besten, wenn man sich etwas Zeit nimmt.

Manchmal verlasse ich den Kontext, um doch
wieder zurückzukehren zur einzigen Wahrheit
im Golf: Spielfluss.

Wer ist, hat alles. Am besten bewegt man sich dabei, um es auszuhalten. Sonst kommt man noch auf die Idee mehr zu wollen.

Rainer Mund

Tao Te Golf

© 2020 Rainer Mund

Autor: Rainer Mund

Verlag & Druck: tredition GmbH,
Halenreie 40-44, 22359 Hamburg

ISBN: 978-3-347-05692-3

Höhlengleichnis

Entwicklung heißt, den schwer erträglichen Irritationszustand vom Schwarzweiß zum Bunt und von Zweidimensional zum Dreidimensional auszuhalten.

Manche gehen, trotz der neuen Erfahrung, wieder zurück und leben glücklich mit den zweidimensionalen Schattenspielen an der Höhlenwand. Andere verbringen den Rest ihres Lebens damit, irritiert hin- und herzupendeln, zwischen der Wand und der dreidimensionalen Wahrheit draußen. Einige bleiben draußen und surfen mit dem Neuentdeckten.

Und niemand garantiert, dass bei 3D und bunt Schluss ist. Welch ein Glück.

Spielfluss

Das Gehirn kennt kein Ausholen.

In jedem guten Golfschwung ist die fließende Bewegung sichtbar. Wer schafft es, auch die Zeit zwischen den Schlägen fließend zu gestalten?

Kinder, Betrunkene und Golfer im Flow tun sich nicht weh, weil sie nicht nachdenken. Wie das Wort schon sagt, ist das Denken zu spät.

Der Instinkt ist sofort da.

Der Bauch ist klüger als der Verstand.

Wenn die Chemie nicht stimmt oder wenn man jemanden nicht riechen kann, spüren wir das sofort; blitzschnell und unmittelbar.

Unsere Ausgleichbewegungen im Schwung oder beim Putt sind gar kein böser Yip. Sie sind der geniale Versuch unseres Unbewussten uns zu retten.

Individualität

Jeder ist genial.

Wenn es hakt, liegt es in der Regel am Lehrer, der nicht bereit ist hinter der Genialität des Schülers hinterherzuhinken.

Wer den starken oder schwachen Griff verinnerlicht hat, bei dem ist er ein Teil des dynamischen Systems geworden. Der Genius des Spielers und die Demut des Golflehrers können gemeinsam Erstaunliches ermöglichen.

Das Geheimnis ist die Variation: Wer kann mit den Unterschieden surfen?

Instinktives Lernen

Viele können mit den Ohren wackeln, -wenn die Bügel der Brille darauf liegen.

Jeder hat die Reaktionsfähigkeit eines Formel Eins Fahrers, –beim Wegziehen der Hand von der heißen Herdplatte.

Im Ruderboot: Nach ein paar Zügen paddelt jeder flüssiger. Es sei denn, Papa hält einen mit Erklärungen vom Lernen ab.

Perfektion

Golfer sind wie Gitarristen, die mitten im Song ihrer Band zurufen: „Stopp, bleibt mal an der Stelle, ich brauche jetzt 20 Sekunden, bis meine Finger sauber auf den Saiten liegen, damit der Ton klingt".

Meistens liegt es am Lehrer, wenn immer die Perfektion gesucht wird.

Golfer, die seit Jahrzehnten spielen, stehen am ersten Tee und befinden sich noch immer im Stadium des Gitarren-Anfängers der seine Finger zurecht fummelt.

Was wäre denn die Lösung? Der Verzicht auf Perfektion! Einmal zupacken und aushalten, dass es falsch klingt. Das gibt sich nach einer Weile. Der Instinkt übernimmt ja.

Entschiedenheit

Jeder kennt sinnvolle, innere Bilder, mit denen er seine Bewegung planen kann. Wer jetzt zögert, zerstört seine Entscheidung. Wer auf dem Weg zum Ball die Zweifel aushält, der spielt zügig und klar. Das ist dann Spielfluss.

Loslassen

Jeder Probeschwung macht alles nur noch schlimmer.

Der Probeschwung schafft Kontrolle und überprüft.

Wer die Kontrolle weglässt, gewinnt sie.

Wer innere Klarheit geschaffen hat, dem ist die Entschlossenheit auf dem Weg zum Ball so wichtig geworden, dass er sie nicht mehr durch einen Probeschwung unterbrechen will.

Wer den ungebremsten Schwung spürt, spürt bald den ungebremsten Geist.

Der Probeschwung sagt: „Ich trau mich nicht".

Die Entscheidung sagt: „Ich mach."

Chance

Die ergriffene Chance ist voller Energie.

Aber wer kann das schon? Man hätte ja sofort handeln müssen, ohne zu zögern.

Danach liegt sie im Grenzbereich, außerhalb einer Mitte. Nutzen kann man sie immer noch, aber mit mehr Aufwand. Und mit noch mehr Risiko und zu einem viel höheren Preis. Das gilt für Viren, Beziehungen und Golfrunden.

Die verpasste Chance ihrerseits setzt sich direkt neben einen, nur um sich zu zeigen. Das macht sie ganz ohne nachzudenken. Wie klug.

Chancen sind weit weg, unsichtbar oder sie bergen Risiko. Wer erkennt die Chance? Wer ist vorbereitet, wenn sie da ist?

Anstatt davor Angst zu haben kann man Chancen auch feiern.

Vorbereitung

Vor vielen Jahren, bei der British Amateur in St. Andrews, direkt neben dem ersten Abschlag, auf dem Putting Grün: Martin Kaymer hatte einen Meter-Putt. Er trug Kopfhörer. Ich ging zu ihm und wir besprachen die „Tiefe" des Putts. Ob er, wenn er jemals die Masters in Augusta spielen würde, vor der Runde, auch einen Kopfhörer tragen würde? Er verstand und nahm sofort die Kopfhörer ab.

Später haben wir in der Gruppe überlegt, welcher Putt jener mit der größtmöglichen Tiefe wäre. Wir kamen zu dem Ergebnis, das müsste der Sieg-Putt zum Ryder Cup sein.

An diesem Tag und bei jedem Training, war der richtige Zeitpunkt sich innerlich auf solche Chancen vorzubereiten.

Achtung, die Chance hat auch einen Preis: Das Risiko.

Es gibt keine Garantie, aber oft geht es gut aus.

Kraft

Der Wille ist gebunden. Wenn er sich befreit,
wird er zu Entschlossenheit. Sie führt immer
zu einem Ziel und ist jeder anderen Kraft
überlegen, weil sie vom Urknall gespeist wird.
Zum Glück erschafft sie ein eigenes Ziel, der
Wille würde seines nämlich verfehlen.

Sein

Wer ist, hat alles. Am besten bewegt man sich dabei, um es auszuhalten. Sonst kommt man noch auf die Idee mehr zu wollen.

Gibt es etwas Besseres, als alles um sich herum zu vergessen, zum Beispiel beim Golf? Was wäre, wenn man jeden Tag, von morgens bis abends, Golf spielen würde?

Der Teaching Pro freut sich, nach der Arbeit, auf die Gitarre. Der Playing Pro geht Fußball spielen und der Fußballprofi geht Golfspielen. Zum Ausgleich.

Genius

Es ist phänomenal, was unser Gehirn an instinktiver Steuerung zu leisten imstande ist. Unsere bewusste Kapazität liegt bei etwa 8 Bit. Das implizite Wissen, also die instinktive Kapazität, liegt bei 8 Megabit, eine Million Mal so viel.

Gleichgewicht

Menschen sind wie Hubschrauber. Sie
kommen vorwärts, weil sie permanent das
Gleichgewicht verlieren.

Obwohl wir vielleicht einen stabilen Schwung
haben, sind wir die ganze Zeit damit
beschäftigt Ausgleichbewegungen zu machen.

Der Yip ist unser Freund.

Bewegung

Alles beginnt mit Bewegung, vorher und
nachher ist Ruhe. Manchmal herrscht mitten
in der Bewegung ebenfalls Ruhe. Was ist dann
Bewegung? Das Vergessen von beidem.

Einerseits: Wem gelingt das schon?
Andererseits: Welcher Golfer kennt das nicht?
Also: Spielen wir weiter Golf und warten auf
die großen Momente.

Handlungswirksamkeit

Je demütiger die Handlung, desto wirksamer die Wirkung. Wer unten bleibt, nah am Boden, seine Schwere, das Körpergewicht spürt, der bekommt Ruhe.

Der Ballflug ist ein Nebenprodukt vom Schwung.

Wer kreativ ist und Dinge probiert, geht Umwege. Wer Umwege geht, bekommt einen tieferen Einblick in die Umgebung.

Wer geduldig auf den Genius warten kann, bis dieser die Finger richtig setzt, der überlässt ihm bald auch den Rest. Bis er ihn bespielt.

Wer Personalpronomen zuordnen kann, hat´s schon verstanden.

Physik

Was ist Masse? Ein breiter Holzscheit, den wir
kaum mit einer Hand halten können, oder gar
der Baumstumpf, oder der ganze gefällte
Baum, wie er schwer auf dem Waldboden
liegt? Die Erde in der er stand, die Hügel,
ganze Landstriche, schließlich: die
Landmasse? Im Flugzeug fliegen wir vierzehn
Stunden um die halbe Erde und dennoch
sehen wir nur die Oberfläche. Darunter ist die
Kugel komplett gefüllt, in der Mitte mit
flüssigem Eisen. All diese Masse ist Erde.
Atlas hatte schwer zu tragen.

Big Rotate

"Kommt Frankfurt an diesem Zug auch vorbei?" fragte seinerzeit Albert Einstein in Anspielung auf die Relativität der Bewegung.

Um der zunehmenden Zahl automatischer, motorbetriebener Fortbewegungsmittel auf Golfplätzen Paroli zu bieten, gelang jetzt einem koreanischen Tüftler aus Unterschwaben der große Wurf.

Zeitgleich stellten US-Amerikanische Aufklärungsdrohnen ungewöhnliche Aktivitäten mehrerer chinesischer Garnisonen fest. Mit einer Art hektischer Massenmärsche, ja Sprints, auf dafür scheinbar neu angelegten, gigantischen Feldern, entstanden so auf der Richter Scala messbare, geologische Phänomene.

Dahinter steckt MSKDM, die "Multivalente Schwerpunktkorrektur des Mutterschiffs". Eine hochkomplexe, mit hunderten von chinesischen Kommunalverwaltungen und dem MSKDM-Online-Netzwerk koordinierte Massenbewegung von Menschen.

Der Koreaner entwickelte einen Algorithmus und kombinierte ihn raffiniert mit der chinesischen, militärischen Befehlskette.

Kaum fliegt in Unterschwaben ein Eisen sechs in Richtung Grün, setzen sich irgendwo in China die Garnisonen in Bewegung. Damit gelingt es die Erde spontan und gezielt so zu rotieren, dass die Grüns den vollzahlenden Mitgliedern des exklusiven, aber ländlichen Golfclubs „Gilt als markiert e.V." entgegenkommen. Das Grün schiebt sich unter den Ball, der Spieler braucht nur kurz zu warten.

Einzig die flächendeckende Benetzung des Golfplatzes mit Olivenöl stellt nach Meinung des ortsansässigen Greenkeepers wegen der Nährstoff-Zufuhr der Gräser ein Problem dar.

Die Etikette-bewussten Mitglieder haben sich dagegen an das Barfußspiel gewöhnt. Manche berichten von einem stimulierenden Kitzeln. So oder so: das nächste Grün kommt garantiert an diesen Spielern auch vorbei.

Physik

Je größer die Masse, desto größer die Trägheit.
Je größer die Energie, desto spontaner die
Bewegung. Die Masse wiegt schwer und
dauert. Die Energie macht leicht und flüchtig.

Vielleicht hat sich die Schöpfung angesichts
der unvorstellbaren Energien nach etwas
dauerhaftem, stetigen gesehnt und zum
Ausgleich die Masse gegeben.

Physik

Golfer bewegen Dinge in Raum und Zeit.
$E=mc^2$.

Im Wettspiel schlägt man weiter.
Entscheidend aber ist die Dialektik: Nicht nur
der Ball prallt vom Schläger ab, –auch der
Schläger vom Ball.

Physik

Wer Unterschiede wahrnimmt, ahnt etwas
vom Ganzen.

Wir können es nicht direkt anschauen, aber
wir sehen sein Spiel im peripheren
Gesichtsfeld.

Wenn wir ruhig sind, zeigt sich in uns die von
außen kommende Bewegung.

Vor der Bewegung steht die Sammlung. Je
tiefer zuvor die Sammlung umso deutlicher
später die Zeigung.

Physik

Schwingung erreicht uns mit Frequenz und
Amplitude. Schwingen wir mit, entsteht
Resonanz, eine besondere Form von Kontakt.
Ähnliche Frequenzen führen zu Einklang und
erhöhen die Amplitude. Finden
unterschiedliche Frequenzen Einklang,
entsteht Neues. Was formen Sie?
In-Formation.

Wer mit anderen Wellenlängen Einklang
bilden kann, kommt mit Vielem in Kontakt.
Das hat etwas Stabiles. Selbst dramatische
Amplituden können kaum etwas ausrichten.

Dennoch: Kleine Impulse, zur richtigen Zeit
am richtigen Ort, können zu einer gewaltigen
Bewegung aufschaukeln. Solche Wellen
beginnen in der Nähe und führen in die Weite.
Wer dem folgt, kommt weit, auch beim Golf.

Es geht darum, die richtigen Wellen zu finden
und sie dann zu surfen.

Fühlen

Die Mathematik des Fühlens: Bewegung führt
zu Reibung. Reibung führt zu Kontakt.
Kontakt führt zu Gefühl.

Bewegung = Reibung =Kontakt = Gefühl.

Das gilt für Menschen, Golfschläger und Bälle.

Wer sich bewegt, muss damit rechnen bald zu
fühlen.

Der Ball, der Flug, der Halt und der Golfer

Nur was abhebt fliegt.

Fliegen geht vorüber.

Wer keine Wurzeln hat, lernt fliegen.

Wer abhebt, nutzt die Wurzeln anderer.

Wer seine Wurzeln spürt, bekommt
Spielraum.

Wer sich bewegt, spürt seine Wurzeln.

Der Preis der Bewegung ist das vorüberge-
hende Ungleichgewicht.

Information

Was sprengt die Information? Zu viel von ihr!

Die höchste Informationsdichte hat das Unfassbare.

Die Form ist die In-Formation vom Unfassbaren.

Was nicht greifbar ist, noch keine Form hat, füllt den ganzen Raum. Gerät es in Form wird es klein.

Wichtige Information: Auch Höchstform bleibt in Form!

Nicht jede Information ist informativ.

Auch Klugscheißen ist Scheiße.

Zeit

Wer keine Zeit hat, bekommt sie nicht.

Nur der Zeitlose hat Zeit.

Auch für die Zeit sollte man sich etwas Zeit nehmen.

In der Seele gibt es eine eigene Mathematik: Wer sich selten Zeit nimmt, bekommt von jeder Stunde nur 45 Minuten. Wer sich nie Zeit nimmt, bekommt nur 30 Minuten. Wer sich öfter mal Zeit nimmt, bekommt für jede Stunde 15 Minuten zusätzlich und wer sich meistens Zeit nimmt, verdoppelt gar die Stunde.

Ich kenne keine schnelleren Spieler, als diejenigen, die sich die Zeit genommen haben für gute Vorbereitung.

All

Alles ist gut. Alles ist Energie. Um die enorme Menge zu verstauen braucht man allen Raum.

Treffmoment
Zweier-Bindungen werden oft von Dritten gehalten.

Sehen
Sehen kann man nur Bekanntes. Wer Neues will muss schauen.

Verstehen
Was ist, kann nur ver-standen werden. Besser ist, man fühlt es.

Hören
Der erfahrene Golfer sieht den Ballkontakt mit den Ohren.

Leise
Gutes Gleichgewicht hat leise Spikes.

Leise
Guter Putt rollt leise los.

Leise
Guter Golfer schweigt vor und nach dem
Schlag.

Ruhe
Guter Golfer behält Ruhe, auch wenn andere
spielen

Der Fehlschlag

Alles ist gesund. Selbst der Fehlschlag ist gesund. Sowohl, wenn er ausbleibt, als auch, wenn er vorbeischaut. Er ist am gesündesten, wenn er wirken darf. Er hat eine Richtung. Er zeigt auf etwas Fehlendes. Deshalb heißt er ja so. Wenn der Schwung schräg ausschaut fragen wir: "Was fehlt Dir?". Oft ist die Antwort: "Ich weiß es nicht." Der Fehlschlag ist aber sehr kreativ und kann, wenn nötig, sehr hartnäckig sein. Bis auch der letzte "harte Knochen" weich wird und sich sammelt. Wenn man herausgefunden hat was wirklich fehlt, geht der Fehlschlag.

Meditation

Nach gemeinsamer, anhaltender Meditation sagte eine gute, nicht golfende Freundin: „Ich hab jetzt verstanden, was am Golfen das Problem ist." Dann folgte eine lange Pause: „Der Ball".

Leben

Das Leben ist normal. Wir nehmen es als selbstverständlich hin. Deshalb ist es leicht. Es lebt sich gut, wenn man lebt. Worte, die das Davor und Danach betreffen sind schwer. Ahnen wir etwas vom Unterschied? Wir wissen es schlicht nicht. Schauen wir also auf das Leben.

Kraft

Kraft kommt aus der Mitte. Sie entsteht nicht, sie ist da. Wer sich der Mitte aussetzt, erfährt sie, –als Ruhe. Weil sie ruhig ist, kann Bewegung entstehen. Wie die Ruhe, folgt die Bewegung einer großen Kraft. Wir selbst sind machtlos sie zu steuern. Aber wir können Ihr lauschen wie einer Musik. Manchmal ahnen wir den nächsten Ton. Wer dem Ton folgt erhält Richtung, aber ohne zu wissen wohin das führt. Wer kann das aushalten?

Hier und da

Ich bin hier und Du bist da. Du kannst zu mir kommen und für eine Weile hier sein. Willst Du zu viel hier sein, verlierst Du Dein Dasein. Gehst Du wieder zurück, findest Du Dich sofort und bist wieder bei Dir, also da. Vielleicht komm ich jetzt zu Dir und bin mit Dir da, vorübergehend. Nach einer Weile zieht es mich zurück in mein Hier. Das Leben pulsiert zwischen hier und da.

Süßes Geheimnis

Es gibt eine Kraft, die ist schon da. Niemand
weiß, wo sie herkommt. Was bewirkt sie?
Überraschendes! Sie ist schwer auszuhalten.
Wer gesammelt bleibt, wird ein Teil von ihr
und sieht: das Neue.

Wer gesammelt bleibt, z.B. im Angesicht des
Ballkontakts, macht neue Erfahrungen. Und
landet immer mehr Treffer.

Entwicklung

Entwicklung ist, wenn es so fließt, dass die Einzelteile nicht mehr erkennbar sind.

Später Wurm umgeht den Vogel

Wenn man noch einmal kurz vom Ball weggeht, ist die Gefahr vorbei und man kann wieder hin und spielen.

Wege
Wer viele falsche Wege kennt, findet schneller
die Richtigen.

Sein
Was nicht ist, wirkt auch schon.

Balance
Wenn sich Bewegung und Ruhe ergänzen,
entsteht Gleichgewicht.

Bewusstsein
Bewusstlosigkeit geht vorüber.

Kraft

Kraft ist das, was einen nicht stillsitzen lässt.

Streit

Streit kann man aushalten oder führen.

Mitte

Aus der Mitte entspringt ein Drive.

Verglimpft

Man kann einen Golfball, anstatt ihm böse zu sein, auch verglimpfen. Der verglimpfte Golfball ist weniger nachtragend.

Können

Das Gegenteil vom Müssen ist Können.

Wer muss, kann nicht.

Wer kann, muss nicht.

Bei Zwanglosigkeit entsteht erst Können und
dann Kunst.

Geld

Zum Geld gehört Liebe.

Götter können Reichtum und Liebe in Einklang bringen, für Menschen bleibt es ein Kampf. Da man diesen Kampf nicht gewinnen kann, reicht es, wenn man sich ihm stellt.

Demut

Demut ist die Vorstufe vom Mut.

Demut ist die aufmerksamste Form des Nichtstuns.

Demut ist still. Sie hält inne und beobachtet. Wo schaut die Demut hin? Nach innen, denn dort hat sich der Mut noch nicht gebildet.

Dennoch wirkt sie bereits, aber ohne zu handeln. Nach einer Weile der Sammlung, in Demut, kommt Mut auf. Mancher hat zu viel Mut und wird übermütig. Er überspannt den Bogen und schießt über das Ziel hinaus. So oft, bis er den Mut verliert. Was für ein Glück: Der Entmutigte wird wieder demütig.

Jeder braucht seine eigene Menge Übermut um zur Demut zu finden. Insofern steht auch der Übermut im Dienst der Demut. Aber: Der demütige Mut führt weiter. Dennoch: Wer die Demut besser findet, hat sie schon verloren.

Argwohn

Wer Argwohn hegt, hegt Arges. Wo entsteht das Arge? Im Argwöhnischen. Argwöhnisch bin ich nur gegenüber dem Unbekannten. Das, was mich argwöhnisch macht, jedoch, zeigt sich. Das argwöhnisch Machende ist also selbst ganz offen. Wenn ich mich auch öffne, also bereit bin es kennen zu lernen, dann kann ich einordnen, ob es mich weiterbringt, ob es also gut oder schlecht für mich ist. Das darf ich dann auch sagen: "Das bringt mir nichts." Oder: "Das tut mir nicht gut." Ebenso, wenn es gut ist. In beiden Fällen brauche ich keinen Argwohn mehr. So oder so, wenn man sich vertraut macht, der Argwöhnische vielleicht etwas vorsichtiger, dann verliert sich der Argwohn. Je mehr man kennt, umso weniger Argwohn benötigt man. Oft bleibt ein Rest Argwohn, den man nicht sehen kann. Wer das Wesen des Unbekannten lange genug argwöhnisch betrachtet, der verliert seinen Argwohn schließlich ganz.

Zuhören
Wenn Du die Umgebungsfrequenz
aufgenommen hast, schwinge mit.

Start
Beim Start der Golfrunde hilft der aufrichtige
Kontakt zum Mitspieler. Danach kann man
gut bei sich sein.

Zustimmung
Im Leben den richtigen Ton treffen.

Bewegung
Wenn Ruhe in Gang kommt und einen Weg
nimmt.

Raum
Raum ist dazu da, dem Ganzen Form zu
geben.

Zeit
Zeit ist dazu da, damit nicht alles auf einmal
passiert.

Reim
Sogar es träumt der Stenson, Hen...
vom Schwung vom alten Hogan Ben.

Gewissen

Das Gewissen weiß es. Das ist gewiss. Was weiß es denn? Das Nötige. Zur Not weiß es alles, es vergisst nichts. Es erinnert auf seine Art. Folgt man dem Gewissen wird man wissend. Dieses Wissen ist jenseits von Zeit und Raum.

Perspektive

Ich liege gemütlich im Gras, bei dem herrlich warmen Wetter, kein Wunder, als ich Leute näherkommen höre. Ich kann nur Ihre Füße sehen, aber sie sind eindeutig ins Gespräch vertieft. Es sind wohl zwei, aber sie beachten mich nicht. Die genauen Worte kann ich auch nicht verstehen, aber an der Tonlage bemerke ich, dass es um eine ernste Sache geht. Plötzlich wird es still und einer tritt ganz nah an mich heran. Ich rechne jetzt fest damit übel angemacht zu werden. Stattdessen höre ich nur ein Windgeräusch. Dann berührt er mich für den Bruchteil einer Sekunde mit einem Waschbrett auf besondere Weise. Im selben Moment beginne ich mich derart schnell zu drehen, dass ich die Besinnung verliere und mich geradezu schwerelos fühle. Völlig verdreckt und überzogen mit Cellulite komme ich kurz zu mir. Ein letzter Blick und mir wird klar: Ich liege tot am Stock.

Vorsicht vor Golfschlägern
Anstatt sofort loszulegen kann man auch eine
Weile die Golftasche anschauen. Oft kommen
dabei nützliche Gedanken zum Schwung und
anderen hilfreichen Dingen. Wer die ersten
Bewegungen ohne Schläger macht, spürt den
Körper.

Vorsicht vor Golfbällen
Wer die ersten Bewegungen ohne Ball macht,
spürt den Schläger.

Vorsicht vor Erdboden
Wer die ersten Bälle vom Tee schlägt, spürt
den Boden besser, wenn er sich ihm nähert.

Varianten
Wer beim Üben viele Abweichungen einbaut,
hat auf dem Platz weniger davon.

Impact
Ein guter Impact beginnt mit Bounce und
endet mit Messer.

Sicherheitshinweis
Lassen Sie Ihren Schwung nicht
unbeaufsichtigt.

Paradox

Das Golfer Gehirn kann zwischen Händen
und Armen nicht unterscheiden.

Wer nach links schwingt, kann nach rechts
drehen.

Starke Griffe können auch Slice machen.

Die Vermeidung bringt´s.

Schnelle Arme machen den Schläger langsam.

Nicht die Hände, die Füße schlagen weit.

Wer schon vor dem Schlag jammert, kann es
sich hinterher sparen.

Nur wer nach unten schlägt, bekommt
Flughöhe.

Die Driving Range Weltmeisterschaft blieb
ohne Sieger.

Olfaktorische Schlägerwahl ist voller Sinne
aber sinnlos.

Entwicklung
Wer kann, obwohl er im Wettbewerb ist,
seinen eigenen Fortschritt wahrnehmen?

Ungewöhnlich
Weiterführenden Lösungen sind oft
verblüffend.

Anatomie
Wenn sich die Ellenbogen- und Kniegelenke
wieder beugen, können die natürlichen
Rotationen wieder stattfinden.

Nervös?
Unbewusste Bewegungen sind vor allem vor
dem Schlag schädlich.

Anatomie der Hände
Lange Schlitze, gute Golfer.

Langer
Wer viele Dinge im Einklang hat, bekommt
auch die Arme und den Körper zusammen.

Ballesteros
Wer je vom harten, nassen Strand perfekt traf,
kennt Ballkontakt.

Nicklaus
Wer den Flieger im Semi-Rough dosiert, der
versteht Drall.

Faldo
Wenn innere Kräfte die Äußeren generieren,
dann fliegt das Eisen Eins auch aus der
Divot-Hinterkante.

Woods
Gute Ballkontakte entstehen, weil im
entscheidenden Moment eine Bewegung zum
Ball hin geht, anstatt von ihm weg.

Hogan
Gelingt der völlig ungebremste Schwung,
schneidet der Schaft, rein optisch, im Finish
einen Zentimeter vom Kopf.

Material
Amateure haben Bounce oft nur im Setup.

Lust
Freizeitgolfer spüren auf dem Abschlag
Freude.

Vor dem Schlag
Geh nicht hin, wenn Du nicht bereit bist.

Nach dem Schlag
Fehlschläge sind Futter fürs Gehirn.

Körper
Muskeln sind Federn.

Geist
Der Gewinn ist proportional zum
überwundenen Schweinehund.

Meisterschaft

Die alten und neuen Meister haben etwas
Geheimnisvolles, Empfindsames. Ihr Wesen
scheint unergründlich. Deshalb können wir
nur ihr Äußeres beschreiben.

Sie sind,
aufmerksam wie Menschen,
die im Winter einen Fluss queren,
höflich wie Menschen zu Gast,
nachgiebig wie schmelzendes Eis
und einfach wie unbehauenes Holz.

Sie laufen nicht aufgeregt mit ihrem Holz auf
dem Fairway hin und her,
sie warten am Par Fünf, bis das Grün frei ist,
dann erst nehmen sie ihren Schläger aus der
Tasche und beginnen ihr Werk,
jetzt mit Spielfluss.

EPILOG

Ian Woosnam sagt zu Nick,
schlag mal einen Hook, -quick!
Da sagt der Nick zu Woosnam:
„Erzähl nicht so ´nen Stuss Mann!"

Vijay Singh sagt zum Broadhurst:
„Ich hab ´nen tierischen Nachdurst."
Drauf der Broadhurst zum Vijay:
„Genau wie der DJ!"

Es sagte Tom Watson:
„Der Schlag war zum Kotzen."
Da meint Edgar Wallace:
„Was soll es…"

Bisher erschienen:
Golf Limericks

Demnächst:
Das Golftraining der Zukunft

Ich gebe gerne Golftraining, wer kommt?

Ich mache gerne Live Musik, Gitarre, Gesang, Balladen, wer hört?

pbigolf.de
playingpro.de

E mail: rm@rainermund.de

FSC
www.fsc.org
MIX
Papier | Fördert
gute Waldnutzung
FSC® C083411

Zeitfracht Medien GmbH
Ferdinand-Jühlke-Straße 7
99095 Erfurt, Deutschland
produktsicherheit@kolibri360.de

GODAFRID

***

GERRY

SCHUTZENGEL FÜR LEBENSKRISEN

www.tredition.de

Verlag und Druck:
tredition GmbH, Halenreie 40-44, 22359 Hamburg

ISBN
Paperback: 978-3-347-28078-6
Hardcover: 978-3-347-28079-3
e-Book: 978-3-347-28080-9

Vorwort

Alle Personen, Namen und Handlungen der vorliegenden Erzählung sind frei erfunden. Sollten sich dennoch zu lebenden oder verstorbenen Menschen sowie deren Leben irgendwelche Ähnlichkeiten ergeben, so sind diese rein zufällig und unbeabsichtigt.

Der Leser möge mit unvoreingenommenem Herzen die vorliegende Erzählung mit ihren Geschichten auf sich wirken lassen und Einwände des alltäglichen Verstandesdenkens zunächst einmal beiseiteschieben. Dieses Buch ist überwiegend aus medialen Durchgaben entstanden und stützt sich auf eigene Erfahrungen des Autors sowie Berichte anderer medial begabter Menschen, die Zugang zur geistigen Welt haben. Der Leser folge seinem Herzen und beobachte, wie das Buch auf ihn wirke.

Ein weiser indischer Lehrer hat einmal gesagt: „Die Wahrheit bleibt so lange unwahr, bis sie zu deiner Wahrheit geworden ist."

In diesem Sinne möge die Lektüre dieses Buches dem Leser Freude bereiten und ihn vielleicht in mancher Hinsicht beflügeln, seinen Lebensweg auf die wirklich wichtigen Dinge auszurichten.

Kapitel 1 - Ralf

Der Engel

Gerry war schon immer Engel, solange er sich erinnern konnte. Und er war es gerne.

Die letzte Zeit war er damit beauftragt, den Schlaf von sehr kleinen Kindern zu bewachen. Wobei der Ausdruck „Zeit" im Himmel eigentlich überhaupt nicht existiert. Hier gibt es keine Uhren, die Stunden oder Minuten anzeigen, hier gibt es auch keine Kalender, welche die Tage, Monate und Jahre benennen und darüber Buch führen. Wenn überhaupt, wird im Himmel das Wort „Zeit" benutzt, um auszudrücken, dass jetzt etwas geschehen kann, weil der Moment dafür gekommen ist. So wie wir Menschen zum Beispiel sagen: „Es ist Zeit, aufzustehen!", damit wir pünktlich in die Schule kommen. Oder wenn wir bei Oma und Opa zu Besuch sind und wir sagen: „Jetzt ist aber Zeit, zu gehen!", damit wir noch den letzten Bus nach Hause kriegen. Aber um eine Dauer zu bezeichnen, braucht man im Himmel das Wort „Zeit" nicht – denn die gibt es da nicht. In der Ewigkeit ohne Anfang und Ende gibt es immer nur JETZT.

Im Grunde wusste also Gerry nicht, seit wann und wie lange er schon den Schlaf der Kleinsten bewacht hatte. Wenn er so neben ihrem Bettchen stand, ihre friedlichen Gesichtchen sah und ihren ruhigen Atemzügen lauschte, war er sehr glücklich über seine Arbeit. Denn er war da, wenn ein Kleines mal schlecht geträumt hatte und schreiend und weinend aufwachte. Dann streichelte er das Baby, küsste es und legte ihm die Hände auf den Kopf, um seine Engelskraft zur Beruhigung auf das Kindchen zu übertragen. Meistens gelang ihm das auch sehr gut. Wenn die Mutter durch das Schreien geweckt wurde und das Baby auf den Arm nahm, gab Gerry auch ihr seine Kraft, wodurch Mama und Kind schneller ruhig wurden und beide oft nach kurzer Zeit ihren Schlaf fortsetzen konnten.

Neben Gerry gab es unzählige weitere Engel, die die gleiche Aufgabe hatten, denn allein hätte es Gerry auch nicht schaffen können. Diese Aufgabe ist aber nur eine von wiederum unzähligen weiteren Aufgaben für Engel. Also gibt es ebenso viele von ihnen, die sich um andere Dinge kümmern. Wahrscheinlich kannst du dir kaum vorstellen, welch ungeheuer große Anzahl von Engeln im Auftrag Gottes an den verschiedensten Orten dieser Welt tätig sind. Jeder an seinem Platz widmet sich mit Hingabe und voller

Freude der Erfüllung seiner Aufgaben. Es gibt die jüngeren Engel, so wie Gerry, und die älteren, die schon viele verschiedene Aufträge ausgeführt haben und deshalb auf der Himmelsleiter schon etwas weiter aufgestiegen sind. Je nach Aufgaben und Tätigkeit sind die Engel in unterschiedlichen Sphären zu finden. Sie können sich ihre Umgebung und ihr Zuhause mit ihrer Vorstellungskraft selbst gestalten. Gerry hatte sich für eine schöne Hügellandschaft mit einem kleinen Dorf entschieden, inmitten von bunt blühenden Wiesen, einer milden und würzigen Landluft und einem herrlichen Ausblick auf die hohen Berge in der Ferne. Er wohnte in einem kleinen gemütlichen Haus am Rande des Dorfes und immer, wenn seine Arbeit es zuließ, kam er hierher, um sich auszuruhen. Das Licht in dieser Sphäre war schon recht hell, warm und freundlich – aber hinter den hohen Bergen am Horizont war ein glänzender, fast blendend heller Schein zu bemerken. Gerry wusste von anderen Engeln, dass dort irgendwo der Wohnsitz Gottes sein musste. Aber dazwischen lagen noch viele weitere Sphären, die durchschritten werden mussten. Und jeder Engel wusste, dass er auf dem Weg dorthin war, und egal, wie lange es dauern würde und was noch alles an Aufgaben erledigt werden musste, irgendwann würde jeder dorthin gelangen. Alle wussten, dass sie einst einmal von dort ausgegangen waren, um vielerlei Aufgaben zu übernehmen und sich ewiges Wissen um die Schöpfung und ihre Geheimnisse zu erwerben. Denn es gibt ein tiefes inneres Sehnen nach Gott, den intensiven Wunsch, sich wieder mit Ihm zu vereinen. Deshalb arbeiten und wirken die Engel in unerschütterlicher Gewissheit und im Vertrauen darauf, dass alles, was sie tun, Gott dient und damit seinem Willen und Wunsch entspricht. Und dieser wird sie schließlich auch nach Erfüllung aller Aufgaben wieder in seine Arme schließen. Letztendlich strahlt das göttliche Licht ja durch alle himmlischen Sphären und lässt die Engel selig und beglückt erschauern.

Die ganze Schöpfung ist durchflutet von der Liebe Gottes. Und diese Liebe war der Ursprung allen Seins, deshalb nennt man ja auch alles, was existiert und mit Leben durchdrungen ist, Schöpfung, weil „Alles Was Ist" aus dieser Liebe Gottes geschaffen ist und diese Liebe unendlich weiter fließt, so wie das Wasser einer heiligen Quelle, die niemals versiegt.

Gerry war jedes Mal, wenn er so über Gott und die perfekte Verknüpfung von allem Leben und Sein nachdachte, völlig begeistert. Wie wunderbar alles mit allem zusammenhängt, wie alles durch das Sein und Wirken allem dient, wie grandios die Architektur des ganzen Weltalls mit allen Lebewesen ist. Alles Leben ist in ständiger Bewegung, drängt nach Veränderung, Wachstum und Weiterentwicklung, hinauf zur nächsthöheren Ebene. Gerry gefiel das Beispiel der Schule sehr gut, womit diese Entwicklung so schön beschrieben werden kann. Jedes Kind fängt in der ersten Klasse an und erreicht nach erfolgreichem Lernen ein größeres Wissen, das es befähigt, in die nächsthöhere Klasse versetzt zu werden. Mit jeder Klasse werden mehr Kenntnisse erworben und das Kind reift in seinen Möglichkeiten und Fähigkeiten heran. Irgendwann ist es ihm dann möglich, eine höhere Schule zu besuchen und später gar bestimmte Fachrichtungen an der Universität zu studieren.

Auch die Engel besuchen im Himmel regelmäßig Fortbildungen, bei denen ihnen die Zusammenhänge der Welten in der Schöpfung erklärt werden. Gerry nahm sehr gerne an diesen Versammlungen teil und hörte aufmerksam zu, wenn die älteren Engel ihre Vorträge über das Sein hielten. Ihm war mittlerweile klar geworden, dass er nicht immer ein Engel gewesen war, sondern irgendwann vor langer Zeit auch in menschlicher Gestalt auf der Erde gelebt hatte. Er wusste inzwischen, dass es Vorstufen zum Himmel gibt, die alle besucht haben müssen, um eines Tages hier in diesen Sphären dienen zu dürfen. Hier, wo er jetzt war, brauchte er keinen Körper aus Fleisch und Blut mehr, denn in dieser Welt war alles viel feiner, zarter, leichter und auch unbeschwerter. Der Zustand allen Lebens in diesen Sphären wird auch „feinstofflich" genannt. Eine Vorstufe zu diesem Zustand ist das Leben auf der Erde, welches man als „grobstofflich" bezeichnet. Da gibt es Bereiche wie das Mineralreich und das Pflanzenreich, wo das Leben eher langsamer geht und damit auch die Entwicklung des Bewusstseins. Schon im Tierreich allerdings gibt es so etwas wie einen Wesenskern, die Tiere empfinden zum Beispiel die Zuneigung der Menschen. Und sie leiden auch, wenn man schlecht mit ihnen umgeht. Erst im Menschen ist das Bewusstsein dann so weit entwickelt, dass jedes Wesen selbstständig denken lernt. Ein Mensch kann für sich selbst entscheiden. Er kann herausfinden, was er genau möchte, z. B. welchen Beruf er einmal ausüben will, und dann kann er sich entscheiden, gerade diesem Wunsch zu folgen und das zu werden, was er sich ausgesucht hat. Er kann sich auch entscheiden, nichts zu werden, faul zu sein, nichts zu lernen und nur dumme Sachen anzustellen. Auch dazu hat Gott den Menschen die Freiheit des eigenen Willens gegeben. Allerdings darf er sich nicht bei Gott beklagen, wenn er das bekommt, was er wollte, damit aber aus irgendeinem Grund dann nicht zufrieden ist. Schließlich hat er sich das selbst ausgesucht. Da die Menschen so sehr in ihrer grobstofflichen, materiellen Welt beschäftigt sind, dass sie in der Regel kaum ein Interesse an diesen höheren Zusammenhängen haben, dauert die Entwicklung und Reifung mitunter sehr lange. Die Weisheit und Liebe Gottes hat es auch so eingerichtet, dass die Menschen keinen Einblick in die feinstoffliche, geistige Welt erlangen dürfen, weil es ihre natürlichen stufenweisen Wachstumsprozesse behindern würde. So bleibt die Art und Weise zu leben jedem selbst freigestellt und jeder hat seine Entwicklung in eigenen Händen. Zur Unterstützung hat der Himmel immer wieder weise Lehrer zur Erde geschickt, die sich freiwillig für die Aufgabe gemeldet haben, den Menschen von Gott und seiner Schöpfung zu berichten und ihnen Hilfestellung für ihr Leben anzubieten.

Gerry würde eines Tages auch gerne einmal eine solche Aufgabe übernehmen, aber er wusste genau, dass er bis dahin noch viel lernen musste.

Ihm war klar, dass ein Lehrling noch nicht die anspruchsvolle Tätigkeit eines Meisters ausüben konnte. Dennoch war er froh und dankbar dafür, dass er schon auf der Erde dienen durfte, auch wenn er seinen Dienst bislang als recht einfach empfand und sich nach höheren Aufgaben sehnte.

Da Engel keinen Körper wie wir Menschen haben, sondern ihre Gestalt eher aus einer sehr feinen Energie besteht, müssen sie nichts essen und trinken und benötigen auch keinen Schlaf. Trotzdem nehmen sie sich manchmal Zeit, etwas ruhig und still vor sich hin zu dösen. Dabei hören sie mitunter die Gesänge der Engel, die in den höheren Sphären arbeiten und mit ihren Liedern zu Gott hinauf jubeln, Ihn loben und preisen für die Herrlichkeiten Seiner Schöpfung und Ihm in tiefster Hingabe diese wunderschöne Musik widmen. Gerry wurde jedes Mal ganz warm in der Brust, da, wo auch die Engel eine Art Herz haben. Denn das Herz ist das Zentrum der Liebe, und wenn man jemanden ganz tief liebt, wird es einem manchmal dort ganz warm. Gerry war immer sehr glücklich bei diesem Gefühl und er spürte, dass er auch deshalb ein Engel sein durfte, weil er seine tiefe Liebe zu Gott gefunden hatte und niemals mehr hergeben würde.

Die Aufgabe

Eines Nachts, als Gerry in einer solch friedlichen und andächtigen Stimmung neben dem Bettchen eines Babys saß, hörte er seinen Namen rufen. Er schaute auf und sah die helle Gestalt eines Boten am Fußende des Kinderbettchens stehen. Boten sind Engel, deren Aufgabe es ist, wichtige Mitteilungen anzunehmen und weiterzugeben. Dabei können durchaus Mitteilungen über verschiedene Ebenen oder Sphären verschickt und durch die Boten befördert werden. So können zum Beispiel Hilferufe aus unserer Welt durch die Botenengel an höhere Stellen gebracht werden, und das geschieht meistens in einem winzigen Augenblick. So werden Gebete, die an Gott gerichtet sind, transportiert, und von oben kommt die Hilfe auf verschiedenen Wegen zu den Empfängern auf der Erde. Bei der unzähligen Menge von Engeln und Sphären gibt es natürlich unglaublich viele Meldungen und Botschaften, die diese Botenengel überbringen. Und so wundert es auch nicht, dass es so viele Boten gibt, die kein Mensch jemals zählen kann.

Der Bote am Fußende des Bettchens wartete geduldig, bis Gerry gänzlich aus seinem meditativen Zustand erwacht war und die Nachricht entgegennehmen konnte.

„Mein Name ist Baldo", sagte der Botenengel, „ich komme im Auftrag von Leonhard. Du sollst mich begleiten, er will dich sprechen. An diesem Bettchen wird gleich ein anderer deinen Dienst übernehmen. Jetzt komm!"

Gerry war völlig überrascht, aber er wusste, dass alles, was geschieht, richtig und im Sinne Gottes ist. Also nickte er, stand auf und ging mit Baldo. Ihre Reise war sehr intensiv, aber so schnell, dass sich Gerry nicht mehr erinnern konnte, was er alles auf dem Weg durch die Sphären nach oben gefühlt hatte. Denn Leonhard befand sich auf einer wesentlich höheren Ebene als der, auf der Gerry seine Dienste verrichtete. Gerry hatte schon viel von Leonhard gehört. Er gehörte zum Höheren Rat der Engel, die der großen Schar ihre Aufgaben zuteilten, und zwar jedem Einzelnen.

Leonhard musste schon ein sehr, sehr alter und weiser Engel sein, obwohl man ihm das nicht ansah. Sein strahlendes, liebevolles Gesicht und sein Gewand leuchteten mit einer unbeschreiblichen Kraft, sodass Gerry sofort auf die Knie fiel, als er vor ihm stand, weil er im ersten Moment richtig geblendet war. Leonhard sprach mit tiefer, klarer Stimme, und Gerry wurde es gleich sehr warm ums Herz, denn er fühlte die göttliche Liebe durch Leonhard zu sich strömen.

„Steh auf, mein lieber Gerry", sagte Leonhard. „So lange schon hast du an den Bettchen der Kleinsten gewacht, auf sie aufgepasst, sie getröstet und dich auch um die Mütter und Väter gekümmert, wenn sie deine Hilfe angenommen haben. Wir haben gesehen, dass du deine Aufgaben mit Liebe und Treue zu Gott stets zuverlässig wahrgenommen hast. Jetzt ist die Zeit gekommen, dass wir dir eine neue Aufgabe zuteilen werden.

Du wirst nun die Dienste eines persönlichen Schutzengels übernehmen. Nutze für diese Aufgabe alles, was du gelernt hast und halte fest am Vertrauen auf Gott und deine eigenen Kräfte. Verzage nicht, auch nicht in Momenten, wenn dir die Aufgabe als zu schwer erscheint. Stelle dich den Herausforderungen und schaue stets nach oben. Falls du Hilfe benötigst, wird sie zu dir eilen, wenn du um sie bittest. Überschätze deine Möglichkeiten nicht und werde nicht leichtsinnig. Diese große Aufgabe bietet auch dir viele Gelegenheiten, weiter zu wachsen und dein Wissen zu vergrößern, damit du irgendwann in die nächsthöhere Sphäre aufsteigen kannst. Unser Segen begleitet dich. Baldo wird dich nun zu dem Menschen begleiten, dessen persönlicher Schutzengel du ab heute bist."

Der Junge Ralf

Gerry war sehr glücklich und vor allem dankbar dafür, dass er die Anerkennung des Höheren Rates für seine Arbeit bekam und ihm dazu eine neue, anspruchsvolle Aufgabe zugeteilt wurde. Noch erfüllt von diesen herrlichen Gefühlen sah Gerry, wie Leonhard vor seinen Augen verschwand, und reiste mit Baldo wieder zurück in die Erdsphäre, seinem neuen Arbeitsumfeld entgegen. In Windeseile ging die Reise dahin und in kürzester Zeit standen sie im Zimmer eines Jungen, der an seinem Schreibtisch saß und auf seinem Computer ein Ballerspiel spielte.

Baldo sah Gerry ein bisschen mitleidig an und sagte: „Das ist Ralf, dein neuer Schützling. Pass gut auf ihn auf, er braucht dich dringend." Dann gab er ihm einen sanften Klaps auf die Schulter und war verschwunden.

Gerry schaute sich erst einmal im Zimmer um, um sich einen kleinen Überblick zu verschaffen. Neben vielen Büchern und einigen Videospielen im Regal waren da noch Bilder und Poster mit ziemlich gruseligen Motiven aufgehängt. Das Ganze wirkte auf Gerry nicht sehr liebevoll, eher aggressiv und wütend. Er setzte sich neben Ralf und schaute ihn in aller Ruhe an. Er wusste, dass

die Menschen die Engel normalerweise nicht sehen können, und so konnte er sich Zeit nehmen,
Ralf und sein Computerspiel genauer zu studieren. Der Junge sah eigentlich sehr gut aus, aufge-
weckt und helle, er war offensichtlich auch mit
einem klaren Verstand ausgestattet und hatte
sich wohl schon einiges Wissen angeeignet. Das
Computerspiel allerdings erschreckte Gerry
wirklich. Neben dem fürchterlichen Krach, der
über die Lautsprecher kam, waren die Bilder im
Film entsetzlich. Gerry brauchte länger, bis er
verstanden hatte, dass es hier darum ging, mög-
lichst viele Menschen zu töten und dafür Punkte
zu sammeln. Die Menschen nannten so etwas
Krieg. Ralf war jetzt zwölf Jahre alt und hatte im
ganzen Leben nur in Frieden, Freiheit und Wohlstand gelebt. Und trotzdem spielte er diesen
Krieg auf dem Computer nach und erfreute sich
offensichtlich daran. Was fiel den Menschen nur
ein, die diese Spiele entwarfen und auf den
Markt brachten? Wussten sie denn nicht, dass
die göttlichen Gesetze es den Menschen verbie-
ten, anderen Menschen das Leben zu nehmen?
Waren sie sich nicht bewusst, welchen seelischen
Schaden diese Spiele gerade jungen Menschen
zufügen konnten? Viele Erwachsene entschuldigen dieses Treiben und sagen: „Es ist ja nur ein

Spiel." Aber sehen sie denn die dunklen Energien nicht, die hierbei freigesetzt werden und die sich in die Spieler förmlich hineinfressen? Doch nein, die Menschen konnten ja nicht sehen, was die Engel alles sehen können.

Gerry hatte keine Lust mehr, Ralf beim Spielen zuzusehen. Er setzte sich aufs Bett, konzentrierte sich und bat darum, dass ihm mehr Informationen über Ralf kundgetan würden. Dazu musste er sich mit der Akasha-Chronik verbinden. Das hatte er in einem der Schulungen von den älteren Engeln gelernt. Die Akasha-Chronik ist eine ganz tolle Einrichtung in Gottes perfekter Schöpfung. Es handelt sich bei ihr um eine Art Supercomputer mit einer gigantischen Festplatte, auf der alles, was jemals geschah, aufgezeichnet ist. Ältere Engel, die noch nicht so vertraut mit der modernen Technik sind, benutzen die Akasha-Chronik als gigantische Bibliothek mit unzähligen dicken Büchern, in denen alles nachzulesen ist. Wie auch immer, wer weiß, wie es geht, kann sich hier alle Informationen holen, die er benötigt, über jeden und jedes. Und die Engel wissen diese Quelle zu nutzen. Natürlich sind sie von höchster Stelle angewiesen, die Akasha-Chronik nur zu befragen, wenn es auch tatsächlich ihrem Wirken und Auftrag dient.

Zum Spaß oder aus Neugier darf man sich kcinesfalls Zutritt zur Chronik verschaffen.

Gerry ließ sich nun wie in einem Video das Leben von Ralf bis heute zeigen. Und da die himmlischen Videos wesentlich schneller ablaufen als die auf der Erde und die Engel die Möglichkeit haben, sogar ein Leben von zwölf Jahren in kürzester Zeit zu erfassen und auszuwerten, vergingen nur wenige Augenblicke, bis sich Gerry einen umfassenden Überblick verschafft hatte.

Als Ralf geboren wurde, waren sein Papa und seine Mama noch Studenten. Seine Eltern waren abwechselnd zu Hause, oftmals auch beide gleichzeitig, je nachdem, wie die Vorlesungen an der Universität besucht wurden. Das war für Ralf die schönste Zeit. Die kleine Studentenbude war für ihn ein gemütliches Heim, in dem er sich geborgen fühlte, und seine Eltern kümmerten sich wirklich gut um ihn. Als Ralf drei Jahre alt war, hatte sein Papa das Studium beendet und wurde in einem Architekturbüro angestellt, wo er gleich sehr gutes Geld verdiente. Wenig später war auch seine Mama fertig an der Uni und bekam ebenfalls an ihrer ersten Stelle als Apothekerin ein überdurchschnittliches Gehalt.

Mit der Zeit wuchsen die Ansprüche der jungen Familie, beide Eltern gingen voll und ganz in ihrem Beruf auf und setzten sich große Ziele für ihre künftige Karriere. Ein zweites Kind kam in dieser Planung natürlich nicht mehr vor. Erst in einer größeren Wohnung und dann im neuen Haus drückte sich der Lebensstil aus, den die Eltern sich vorgenommen hatten. Ralf war zwar immer noch irgendwie ein Teil der Familie, aber seine Erziehung wurde der Schule überlassen und teilweise auch Frau Brenner. Frau Brenner war der gute Geist des Hauses. Sie kam morgens, brachte Brötchen mit und machte das Frühstück. Dann brachte sie Ralf in die Schule und holte ihn mittags wieder ab. Sie kochte für ihn ein Mittagessen und half ihm später auch, so gut es ging, bei den Hausaufgaben. Aber sie konnte ihm natürlich nicht die warme, weiche und zärtlich streichelnde Hand von Mama ersetzen. Auch die gewisse Strenge, die Lebens-Lehren eines weisen, aber trotzdem verständnisvollen Papas konnte Frau Brenner Ralf nicht geben. Alles in allem war sich Ralf in seiner Entwicklung eher selbst überlassen.

Und so wurde aus Ralf mit der Zeit ein nicht sehr netter Junge.

Das Problemkind

In der Schule testete Ralf bei den meisten Lehrern, wie weit er gehen konnte. Oft trieb er Schabernack ohne Rücksicht und ohne Respekt vor den Lehrern und Lehrerinnen. Er verdrängte völlig, dass auch sie Menschen mit Gefühlen waren, die er jedoch nach seinem Belieben verletzte. Bei seinen Mitschülern spielte er sich immer mit seinen dummen Streichen in den Vordergrund, er war der Erste, der andere mobbte, und stachelte bestimmte Mitschüler dazu auf, es ihm nachzumachen. Kurz und gut, Ralf war ein Problemkind geworden. Auch zu Hause zeigte er mit zunehmendem Alter kaum mehr Respekt für Frau Brenner. Und wenn die Eltern abends nach Hause kamen und mit ihm über die Schule sprechen wollten, gab es immer ein Mordstheater, man schrie sich an und am Schluss verschwand Ralf in seinem Zimmer und knallte die Tür zu.

Gerry hatte sich das Video aus der Akasha-Chronik nun genau angesehen und konnte sich ein Bild von seinem neuen Schützling machen. Auweia, da hatte Leonhard ihm aber ein nettes Früchtchen zugewiesen. Gleich sein erster Einsatz als Schutzengel und direkt so eine harte Nuss. Gerry ahnte, dass viel Arbeit auf ihn zukommen würde. Er dachte nur kurz über die

Möglichkeit nach, dass er ja auch zu einem lieben, netten Mädchen hätte abgestellt werden können. Aber sofort meldete sich sein treues Engelherz und mahnte ihn, auf Gott zu vertrauen und alles so anzunehmen, wie es kam. Er würde schon die Unterstützung der göttlichen Kräfte besitzen, um seiner Aufgabe gerecht zu werden. Er wollte in jedem Falle alles tun, um Ralf ein guter Schutzengel zu sein.

Gerry erkannte natürlich, wo bei Ralf der Hase im Pfeffer lag, und er konnte auch in Ralf hineinsehen. Obwohl man das eigentlich nicht sehen nennen kann, es ist eher ein Fühlen. Engel können das, und bei Schutzengeln ist es etwas ganz Besonderes, denn keiner kennt einen Menschen besser als sein Schutzengel. Alles, was ein Mensch empfindet, kann der Schutzengel ebenfalls spüren. Wut, Hass, Liebe, Freude, Trauer und noch viel mehr Gefühle können die Schutzengel empfangen. Sie brauchen das, damit sie die Menschen auf ihrem Lebensweg besser verstehen und begleiten können.

Dennoch durfte Gerry nicht über Ralf urteilen. Das steht den Engeln nicht zu. Und sie tun es auch nicht, denn sie haben einen größeren Überblick über das Ganze als die Menschen. Die Engel, und besonders die Schutzengel, wissen, dass jeder Mensch ein unsterbliches Wesen ist, das viele verschiedene Leben durchläuft, um bestimmte Erfahrungen zu machen, die es weiterbringen. Diese Erfahrungen sind so unterschiedlich und umfangreich, dass es mit menschlichem Verstand kaum zu begreifen ist. Als Beispiel fiel Gerry gerade ein, dass ein Junge nämlich ein ganz anderes Leben mit ganz anderen Vorlieben und Wünschen führt als ein Mädchen. Und das bleibt ja auch als Erwachsener so, eine Frau ist definitiv anders als ein Mann. Sie fühlt anders und empfindet anders, und deshalb kann sie im Leben einer Frau auch nicht die Erfahrungen eines Mannes machen, nicht so wie er fühlen und denken. Und so gibt es unzählige andere Beispiele auf dieser Erde dafür, unter welchen Bedingungen man leben kann. Der eine ist reich, der andere arm. Wieder einer ist ein schlechter Schüler und ihm fällt das Lernen schwer, während der andere ein Musterschüler ist und zum Studieren auf die Universität geht. All das sagt aber nichts darüber aus, ob ein Mensch auch glücklich ist in seinem Leben. Jede Lebensbedingung will erlebt und jede Erfahrung will gemacht werden, so hat die perfekte göttliche Schöpfungsfügung es bestimmt. Und aus den gesamten Erfahrungen eines Menschenlebens entsteht dann ein inneres Wachstum, eine Reifung des oben angesprochenen unsterblichen, ewigen Wesens. Diese Reife und dieses Wachstum tragen das Wesen höher hinauf und näher zu Gott. Denn auch, wenn viele Menschen es nicht fühlen und ihre Unvergänglichkeit förmlich vergessen haben, ist dennoch im innersten Kern jedes Einzelnen eine tiefverwurzelte Sehnsucht, eines Tages wieder mit dem Gesamten, mit Gott völlig zu verschmelzen.

So blieb nun Gerry bei Ralf und begleitete ihn auf Schritt und Tritt, wie es Aufgabe eines Schutzengels ist. Dabei muss jetzt hier einmal klargestellt werden, was ein Schutzengel darf und was nicht. In gar keinem Fall darf ein Schutzengel in das Schicksal seines Menschen so eingreifen, dass er sich über den Willen seines Schutzbefohlenen erhebt. Gott hat es so bestimmt, dass jedes Wesen nach eigenem Ermessen handeln darf, dafür aber auch die Konsequenzen tragen muss. Das heißt, Ralf durfte von Gerry nicht an seinen Worten oder Taten, für die er sich aus freiem Willen entschieden hatte, gehindert werden. Auch unterliegen natürlich die unterschiedlichen Kräfte von grobstofflichem Leben auf der Erde und feinstofflichem Leben in der geistigen Welt als Engel bestimmten Gesetzen. Dadurch ist geregelt, dass geistige Wesen fast nie direkt in die materielle Welt eingreifen und dort Veränderungen vornehmen können.

Vielmehr liegt ihr Einfluss auf den Schwingungen und Energien, die zur Lenkung der Materie benötigt werden. Die göttliche Weisheit hat es so eingerichtet, damit die Menschen allein und selbstbestimmt ihren Weg gehen und dann auch die Verantwortung für ihr Leben übernehmen.

Gerry konnte also allenfalls gewisse Umstände, die sich im Energiefeld von Ralf ungünstig für ihn entwickelten, positiv beeinflussen und versuchen, Unheil von ihm fernzuhalten. Allerdings machte Ralf ihm diese Aufgabe sehr schwer. Oft versuchte Gerry auf mentale oder emotionale Weise, Ralf zu erreichen und ihn über seine innere Stimme von argem Unfug abzuhalten, ihm nettere Worte für seine Mitschüler vorzuschlagen oder seine Wut zu besänftigen oder seine Trauer etwas zu trösten. Aber Ralf war für Gerry kaum zu erreichen und er nahm die Botschaften für Herz und Verstand, die ihm der Schutzengel sandte, nicht wahr. Also blieb Gerry nichts anderes übrig, als weiterhin über Ralf und seine täglichen Eskapaden zu wachen, ihn zu begleiten, ihm unermüdlich Warnungen zu senden und am Ende doch nur zuzuschauen. Leider wissen die Menschen kaum etwas über die Engel und wie sie wirken, die meisten glauben nicht an ihre Existenz. Auch Ralf hatte noch nie etwas von Engeln gehört, keiner hatte ihm etwas von ihnen erzählt und deshalb hatte er sich bis jetzt nicht für sie interessiert. Wie sollte es da möglich sein, dass er Gerrys Anwesenheit spürte und auf seine Eingebungen hörte?

Oftmals hielt Gerry durch Beeinflussung der energetischen Umstände allerlei Unglück von Ralf ab, zum Beispiel, als dieser einmal wieder mit seinem Skateboard ein allzu waghalsiges Manöver über ein Treppengeländer ausführte, um seinen Kumpanen zu imponieren. Im letzten Moment konnte Gerry ein Energiefeld aufbauen, das Ralfs Sturz so abfederte, dass er zwar Prellungen und Hautabschürfungen davontrug, aber keine Knochen gebrochen hatte. Seine Kumpane sagten, dass das ein Wunder war! Sie wussten ja nicht, dass oftmals, wenn die Menschen von einem Wunder sprechen, die Engel zu Hilfe waren. Jedenfalls lernte Ralf aus diesen Abenteuern nicht viel und machte mit seinem leichtfertigen Treiben munter weiter. Gerry ahnte, dass das auf Dauer nicht gut gehen und er Ralf wohl nicht ewig vor einem heftigen Unglück schützen konnte.

Der Unfall

Und so kam es, wie es kommen musste. Eines Tages war Ralf mal wieder sehr aufgewühlt, er hatte sich über die Schule geärgert, sich mit einem Lehrer ein unschönes Wortgefecht geliefert und dafür einen Eintrag im Klassenbuch erhalten. Voll Zorn fuhr er mit dem Fahrrad von der Schule nach Hause und seine schlechte Laune verführte ihn dazu, noch leichtsinniger als sonst zu sein. So kam er an einer roten Ampel auf die verrückte und gefährliche Idee, sich mit einer Hand an einem Lastwagen festzuhalten. Er griff nach dem Gurt, mit dem die Lkw-Plane festgezurrt war und ließ sich bei Grün einfach mitziehen. Die Fahrt wurde immer schneller und Ralf brüllte in seinem Übermut aus voller Brust:

„Ja, schneller!"

Das Schlagloch in der Straße neben dem Gully war eigentlich gar nicht so tief, aber weil Ralf es zu spät sah und der Lkw auch schon so schnell fuhr, gab es doch einen plötzlichen heftigen Schlag und Ralf kam aus dem Gleichgewicht. Innerhalb eines Augenblickes stürzte der Junge mit dem Fahrrad so unglücklich, dass er unter den Lkw geriet und überrollt wurde. Gerry war die ganze Zeit bei Ralf, konnte aber den Unfall jetzt nicht mehr verhindern.

Als Nächstes war da nur noch Stille. Der Lkw-Fahrer hatte das Unglück bemerkt und sofort gebremst. Die Menschen auf der Straße und in den Autos blieben erstarrt stehen und waren in ihrem Schock wie gelähmt. Gerry zog Ralf unter dem Lkw hervor und setzte ihn erst einmal auf die Bank in dem Wartehäuschen für den Bus, das gleich ein paar Meter weiter am Straßenrand stand. Ralf hockte wie eingefroren auf der Bank und starrte teilnahmslos zu Boden. Überhaupt sah er grau und blass aus und wirkte nicht sehr lebendig.

Nach einer Weile hörte man schon von ferne die Sirenen von Polizei und Feuerwehr. Als der Rettungswagen hielt, sprangen Sanitäter und Notarzt heraus und krochen sofort unter den Lkw. „Er lebt noch, wir müssen ihn schnell ins Krankenhaus bringen!", rief der Sanitäter. „Okay, zuerst muss ich aber seinen Kreislauf stabilisieren", rief der Notarzt und legte Ralf eine Infusion. Ralfs Körper hatte also noch seine Lebensfunktionen, zwar sehr schwach, aber messbar. Der Geist aber, Ralfs unsterbliches Wesen, hatte sich schon kurz nach dem Unfall ein wenig vom Körper getrennt, war von Gerry unter dem Lkw herausgezogen und auf die Bank gesetzt worden.

Gerry war zum ersten Mal Schutzengel und in einer solch dramatischen Situation. Glücklicherweise war bei den Schulungen der Engel das Wissen um den Tod ein wichtiger Schwerpunkt. Das Werden und Vergehen ist auf der Erde ein schwieriges Thema für die Menschen, und die meisten wollen sich damit überhaupt nicht auseinandersetzen. Das liegt daran, weil sie glauben, dass mit dem Tod alles Leben aus ist. Dabei ist Leben niemals aus, denn Leben ist Gott, immer und ewiges Sein. Ohne Anfang und ohne Ende. Allein das kann ein Mensch ja gar nicht verstehen.

Das, was den Menschen als Tod erscheint, ist nur eine Veränderung der Form. Die Seele, also der ewige Lebenskern, verlässt den Körper und gibt ihn der Erde zurück. Aber das Leben geht für sie in anderer, nämlich feinstofflicher Form, weiter. Und eines Tages kommt vielleicht der Wunsch, weitere Erfahrungen in einem menschlichen Körper auf der Erde zu machen und die Seele wählt sich Eltern und eine Umgebung, die sie gerade für diese Erfahrungen als ideal betrachtet, und wird wieder als Baby geboren, um ein neues Erdenleben zu beginnen. Dieser Kreislauf wiederholt sich im Laufe von Äonen von Jahren und Jahrtausenden so lange, bis sich die

Seele so weit entwickelt hat und alle notwendigen Erfahrungen gemacht hat, dass es nicht mehr ihr Wunsch ist, erneut zur Erde zu kommen. Dann übernimmt sie in anderen Sphären andere Aufgaben, vielleicht dient sie später sogar einmal selbst als Engel, wer weiß.

Nun saß also Gerry neben dem Geistkörper von Ralf auf der Bank und sah dem Geschehen auf der Straße zu. Als Ralfs physischer Körper vorsichtig in den Rettungswagen geschoben wurde und mit Blaulicht und Sirene Richtung Krankenhaus fuhr, kümmerte sich die Polizei um die Unfallaufnahme und markierte die Straße mit verschiedenen bunten Zeichen aus Spraydosen. Nach etwa einer Stunde lief der Verkehr wieder normal und außer den Zeichen auf der Fahrbahn erinnerte nichts mehr an das tragische Ereignis. Ralf hatte in der ganzen Zeit keine Regung gezeigt und starrte weiter vor sich hin. Das musste mit dem Schock zu tun haben. Gerry legte ihm vorsichtig den Arm um die Schulter und ließ von seiner Engelenergie fließen. Nach einiger Zeit kam wieder etwas mehr Leben in Ralf, er hob zuerst den Blick und dann den Kopf, dann wendete er sich langsam Gerry zu und sah ihn an.

„Kevin?", fragte Ralf. „Kevin, was ist passiert? Was machst du hier?" Ralf war sehr verwirrt.

Gerry war im ersten Moment sehr erstaunt. Ralf konnte ihn also wahrnehmen, verwechselte ihn aber mit einem Kevin, wer auch immer das war. Blitzschnell richtete er eine Anfrage an die Akasha-Chronik und bat um Informationen über Kevin. Sofort war alles da und er hatte verstanden, was gerade passierte. Kevin war Ralfs bester Freund und vor ein paar Monaten an einer unheilbaren Krankheit gestorben. Ralf hatte heftig um Kevin getrauert und vermisste ihn noch heute sehr. Gerry war sofort klar, dass Ralf durch den Schock zuerst einmal Kevin in ihm sah, weil ihm das helfen würde, seine Situation mit der Zeit besser zu erfassen. Also nahm er die Rolle an in der Gewissheit, dass es der Sache dienen würde.

„Du hattest einen Unfall, Ralf", sagte Gerry. „Mach dir keine Sorgen, ich bin bei dir."

„Bin ich tot?", fragte Ralf, „ich fühle nichts und habe auch keine Schmerzen."

„Na ja", sagte Gerry alias Kevin, „du bist nicht richtig tot, aber auch nicht sonderlich lebendig. Dein Körper wird jetzt von Ärzten in der Klinik behandelt und sie werden alles versuchen, dich zu retten, damit du so wie bisher weiterleben kannst. Aber entschieden ist noch nichts."

„Aber du bist schon länger tot, warum bist du jetzt hier bei mir? Warum kann ich dich sehen und mit dir reden? Das ist doch völlig verrückt?", sagte Ralf. Mittlerweile war er wieder einigermaßen klar und klang jetzt doch ziemlich aufgeregt.

Gerry versuchte, beruhigend auf Ralf einzuwirken, und erklärte ihm: „Sieh´ mal, wenn ein Mensch stirbt, verlässt sein Geistleib den Körper. Der Geistleib ist im Grunde eine Kopie des materiellen Körpers, nur besteht er aus viel feinerer Energie als der sogenannte grobstoffliche Leib. Der Ablösungsprozess dauert einige Zeit, bis zu mehreren Tagen. In dieser Zeit sind beide Körper noch miteinander verbunden durch ein Energieband, welches wir die „Silberne Schnur" nennen. Du bist mit deinem Geistkörper schon halb in die geistige Welt getreten, als du während des Unfalls den fleischlichen Körper verlassen hast. Deshalb kannst du mich sehen und mit mir reden.

Du erkennst mich als Kevin, weil du Kevin auf eine besondere Art und Weise geschätzt hast. Es war eben deine Art, einen Menschen zu lieben, auch wenn du sonst von der Liebe noch nicht viel erfahren hast. Ich bin dir jetzt in der erdnahen geistigen Sphäre, in die sich dein Geistkörper zurückgezogen hat, nun der nächste und wichtigste Ansprechpartner. Genügt dir das im Moment?"

Ralf war eine ganze Weile still und musste das Gesagte erst einmal verdauen. Er war also tot, aber doch nicht so richtig, nur halb? Und Kevin war richtig tot, saß aber neben ihm und versuchte, ihm die Ereignisse zu erklären. Krass! Er wusste nicht, ob er das alles glauben konnte, aber er merkte, dass er völlig ruhig war und seine Wut und zornige Energie restlos verschwunden war. Im Gegenteil, alles fühlte sich jetzt so friedlich an, auch dass Kevin neben ihm saß. Es erfüllte ihn mit einem wohligen Gefühl, so warm und angenehm, wie er es in seinem Leben bisher noch nicht erlebt hatte.

Endlich antwortete er zögernd: „Ich habe das, was du gesagt hast, zwar verstanden, aber nicht kapiert. Das ist alles so neu und überhaupt habe ich keinen blauen Dunst, was hier abgeht."

Gerry fühlte die totale Verunsicherung, in der Ralf sich befinden musste, und er bat inständig darum, dass ihm jetzt das Richtige einfallen würde. Und als ob sein Flehen in den Chefetagen der Engel gehört worden wäre, kam ihm die zündende Idee, wie er Ralf die Umstände besser erklären konnte.

Im Koma

„Steh auf und gib mir deine Hand," sagte er zu Ralf.

Beide standen von der Bank im Wartehäuschen auf, wo sie sich ja immer noch befanden, und Ralf gab Gerry seine Hand. Der Engel brauchte sich nur kurz zu konzentrieren und an das Krankenhaus zu denken, und im nächsten Moment standen sie im Flur vor dem Operationssaal. Ralf sah seine Eltern sofort. Sie saßen auf Stühlen, die an der Wand aufgestellt waren, die Mutter in Tränen aufgelöst und der Vater den Kopf in seinen Händen. Ralf riss sich von Gerry los, rannte zu ihnen, umarmte sie und redete auf sie ein. Er fasste sie am Arm und wollte sich bemerkbar machen, aber er schien durch sie hindurchzufassen. Seltsam, die Eltern schienen ihn nicht zu bemerken. Gerry ging zu ihm und legte ihm mitfühlend seinen Arm um die Schulter.

„Lass es, Ralf, sie können dich nicht sehen, nicht hören und auch deine Berührung nicht fühlen. Komm mit mir."

Einen Augenblick später standen sie im OP und sahen den Ärzten bei der Arbeit zu. Da lag nun Ralfs verletzter Körper und die Ärzte waren sehr beschäftigt, gebrochene Knochen zu richten und zu gipsen, offene Wunden zu nähen und zu verbinden und daneben noch verschiedenste Untersuchungen der Organe vorzunehmen.

„Siehst du", sagte Gerry, „das bist du und auch wieder nicht. Denn das ist der menschliche Körper, den du seit zwölf Jahren sozusagen bewohnst und bisher dein Eigen genannt hast. Jetzt haben dich die Ärzte mit Medikamenten in ein künstliches Koma versetzt und du kannst mit mir ihre Arbeit beobachten. Das ist möglich, weil du dich mit einem Teil deines ewigen Selbst noch im materiellen Körper befindest, mit dem anderen Teil aber schon hier in der feinstofflichen Sphäre. Darum kannst du mit mir hier herumspazieren und dem jetzigen Abschnitt deiner eigenen Lebensgeschichte zuschauen."

Eine Weile schauten sie den Ärzten und Schwestern bei der Arbeit zu, dabei sah Ralf länger und sehr intensiv zu Gerry hinüber, sagte aber nichts.

Schließlich sagte Gerry: „Komm, lass uns wieder auf den Flur zu deinen Eltern gehen, hier können wir im Moment nichts weiter machen."

Irgendwie hatte sich Ralf noch immer nicht daran gewöhnt, dass ihn niemand sah außer Gerry und dass die Ärzte und Schwestern manchmal wie durch ihn hindurch gingen, ohne einen Bogen um ihn zu machen. Er selbst fühlte dabei auch überhaupt nichts, das war schon sehr seltsam. Gerry hatte ihm ja erklärt, dass die Menschen das feinstoffliche Leben um sie herum nicht wahrnehmen konnten, aber er fand die Situation schon krass.

Einen Augenblick später saßen sie wieder auf dem Flur neben Ralfs Eltern und hörten diesen zu. Die Gespräche waren abgehackt, immer wieder von Mamas Weinen und Papas Seufzen und Stöhnen unterbrochen. Ralfs Mutter machte sich große Vorwürfe, dass sie nicht öfter für Ralf da gewesen war und sich mehr um ihre Apotheken als um ihren Sohn gekümmert hatte. Und auch der Vater beschuldigte sich selbst, dass er nur an den Aufbau seines Architekturbüros gedacht hatte, an seine Karriere und das viele Geld, das er verdienen wollte. Eigentlich hatten beide nur ihr Ding gemacht und dabei fast vergessen, dass sie einen Sohn hatten. Nur sehr selten hatten sie gemeinsam etwas unternommen, weil beide auch am Wochenende oft und viel arbeiteten. Ralf war die meiste Zeit sich selbst überlassen, wenn er nicht in der Obhut der Schule oder von Frau Brenner war.

„Ich kenne meinen Sohn kaum", klagte die Mutter unter Tränen. „Jetzt liegt er da und ich kann nichts für ihn tun. Es tut mir so leid, dass ich mich so wenig um ihn gekümmert habe."

„Auch ich habe nur an mich und meinen Beruf gedacht", jammerte der Vater, raufte sich die lockigen schwarzen Haare und vergrub sein Gesicht in seinen Händen. „Wann habe ich das letzte Mal mit ihm Fußball gespielt, wann sind wir das letzte Mal zusammen Fahrrad gefahren? Es ist so lange her, ich kann mich nicht mehr daran erinnern. Meine Güte, was habe ich alles aus Egoismus versäumt!"

Während sich die Eltern darüber klar wurden und sich gegenseitig gestanden, wie sehr sie Ralf liebten und wie wenig sie dafür getan hatten, ihn das auch spüren zu lassen, hörte Ralf aufmerksam zu und schaute immer wieder Gerry an. Dieser brauchte die Gespräche der Eltern nicht zu kommentieren, denn er wusste, dass Ralf jetzt in die wichtige Phase kam, über sich und sein bisheriges Leben ernsthaft nachzudenken. Und dabei wollte Gerry ihn natürlich nicht stören.

Endlich ging die Tür zum OP auf und der Chefarzt Dr. Braun kam heraus. Beide Eltern sprangen auf und bestürmten ihn sofort mit Fragen. „Wie geht es Ralf, wird er durchkommen? Wie ist die Operation verlaufen? Was können wir für ihn jetzt tun?"

Dr. Braun, für den eine solche Situation fast alltäglich war, antwortete ganz ruhig und sagte mit seiner sanften Stimme zu den Eltern: „Die Operation ist gut verlaufen, wir haben alle notwendigen Maßnahmen erfolgreich und ohne größere Komplikationen durchführen können. Jetzt haben wir Ralf zunächst einmal in ein künstliches Koma versetzt. Das hilft seinem Körper dabei, den Stress des Unfalls und der Operation in Ruhe verarbeiten zu können und unterstützt die Knochen- und Wundheilung. Wir verlegen Ralf jetzt auf die Intensivstation, wo er mit Monitoren überwacht wird. Seine Verletzungen waren doch sehr schwer und wir können noch nicht genau sagen, ob er es schaffen wird. Es hängt sehr viel davon ab, ob er sein Leben fortsetzen möchte und ob seine Lebenskraft für eine Heilung groß genug ist. An dieser Stelle können wir als Ärzte weiter nichts tun als abwarten. Wir tun alles, was medizinisch in unserer Macht steht, aber das Leben ist nach wie vor voller Geheimnisse und wir können niemals alles kontrollieren. Vielleicht bitten Sie zum Himmel um Unterstützung für Ihren Sohn, das könnte schon helfen. Die nächsten 48 Stunden sind entscheidend." Dr. Braun war ein sehr erfahrener Chirurg und hatte schon viele Unfallopfer zusammengeflickt. Deshalb wusste er auch, wo seine Grenzen waren, und konnte mit den Angehörigen offen über die Probleme sprechen.

„Dürfen wir nachher zu ihm?", fragte die Mutter unter Tränen.

„Lieber erst morgen früh, er braucht jetzt erst einmal viel Ruhe", antwortete Dr. Braun. „Fahren Sie nach Hause und ruhen sich auch etwas aus. Im Moment können Sie nichts mehr tun."

Nur sehr widerwillig machten sich die Eltern, nachdem sie sich bei Dr. Braun bedankt hatten, auf den Heimweg, während Gerry und Ralf sich in der Intensivstation ans Bett des Frischoperierten stellten. Der leblos wirkenden Körper eines zwölfjährigen Jungen lag da in einem großen Bett und überall waren Schläuche und Drähte angeschlossen. Kopf, Arme und Beine waren dick verbunden, und es war kaum zu erkennen, dass es sich um Ralfs Körper handelte. Auf den Monitoren sah man verschiedenfarbige Kurven im Takt laufen und hier und da piepste ein Gerät leise. Ralf sah ein dünnes, helles Band, das ihn mit dem leblosen Körper da im Bett verband. Fragend sah er Gerry an.

„Das ist die Silberne Schnur, von der ich dir erzählt habe. Sie ist die noch intakte Verbindung von dir als Geistkörper, der hier mit mir am Bett steht, und dir als leiblicher, irdischer Körper, der dort ziemlich mitgenommen im Bett liegt. Solange diese Schnur hält, ist theoretisch eine vollständige Rückkehr ins alte Leben möglich. Im Grunde liegt die Entscheidung letztendlich bei dir."

Ralf sah Gerry wieder lange und durchdringend an, schließlich sagte er zu Gerry: „Du bist nicht Kevin! Wer bist du? Irgendwie hat sich dein Aussehen verändert. Kevin hätte auch niemals so viel gewusst und mir so viel erklären können, wie du es kannst. Bitte sage mir also jetzt, wer du bist."

„Nun gut," sagte Gerry, „ich bin dein Schutzengel. Ich heiße Gerry."

Jetzt war Ralf erst einmal sprachlos. „Schutzengel" – an so etwas hatte er nie geglaubt.

„… und warum habe ich zuerst Kevin gesehen?", fragte Ralf in etwas provokativem Tonfall.

„Das kann ich dir erklären", sagte Gerry. „Sieh mal, wenn jemand stirbt oder wie du durch einen Unfall plötzlich den Körper verlässt, ist ihm zunächst einmal nicht bewusst, dass er weiterlebt und sich jetzt in einem feinstofflichen Körper in einer feinstofflichen Welt befindet. Das liegt daran, weil sich die meisten Menschen nicht für ein Leben nach dem Tod interessieren oder geschweige denn, daran glauben. Wäre das so, würden sie sich auf dieser feinstofflichen Seite des Lebens direkt viel besser einfügen können und sich gleich besser fühlen. Weil das aber nicht so ist, kommt in den meisten Fällen das göttliche Gesetz der Anziehung zum Tragen, das heißt, dass Verstorbene geliebte Menschen anziehen, die schon vor ihnen die Seite gewechselt haben. Diese kommen, um sie zu begrüßen und ihnen zu helfen, sich in der neuen Welt der Feinstofflichkeit zurechtzufinden. Verstehst du, was für ein Geschenk das ist?" Ralf hatte aufmerksam zugehört, seine Frage war aber damit noch nicht beantwortet.

„In deinem Fall nun", fuhr Gerry fort, „war ich der Erste, der beim Unfall bei dir war. Und dank der Gesetzmäßigkeit dieser geistigen Welt hier war dir in diesem Moment dein verstorbener Freund Kevin derjenige, an dem du am intensivsten gedacht hast. Er war dir wichtig, du hast ihn sehr gerne gehabt und es war für dich sehr schmerzhaft, als er gestorben ist. Durch dein starkes Fühlen und Denken an ihn hast du ihn in mir gesehen. Ich habe für eine Weile sehr gerne sein Aussehen angenommen, denn ich wusste, dass du mich bald anders sehen würdest. In vielen Fällen kommen die geliebten Eltern, Opa oder Oma, Tanten und Onkel in ihren feinstofflichen Körpern zum Sterbebett, um einen Menschen abzuholen und in diese geistige Welt zu begleiten. Bei dir ist es aber meine Aufgabe, dich in die Wirklichkeit der jenseitigen Welt mit ihren Gesetzen einzuführen und dir wichtige Zusammenhänge klarzumachen. Nun, bist du einverstanden mit mir?"

„Klar", sagte Ralf nur kurz angebunden. Was sollte er auch machen, im Grunde war er ja froh, dass er Gerry bei sich hatte. Wenigstens einer, der ihn sehen und mit dem er reden konnte.

Die Warterei auf der Intensivstation wurde mit der Zeit langweilig, viel passierte nicht. Ab und zu kam eine Schwester ins Zimmer, kontrollierte die Bildschirme, den Tropf und die Sauerstoffzufuhr, dann ging sie wieder.

Gerry war schon klar, dass dieser ganze Vorgang nicht von ungefähr kam, sondern dass es handfeste Gründe hierfür gab. Er wusste, dass nichts in der Schöpfung zufällig geschieht, sondern jede Wirkung ihre Ursache hat. Gott spielt nicht, sondern er hat ein perfektes System geschaffen, wo alles mit allem verbunden ist. Zwar ist den Menschen ihr freier Wille gegeben worden, aber alles hat Folgen, positive oder negative, und alles dient allem, für das einzelne wie für das gemeinsame Wachstum. So klar, wie das war, musste auch in Ralfs derzeitiger Situation ein tieferer Sinn liegen, und Gerry war als sein Schutzengel dazu da, ihm beim Erkennen der Zusammenhänge zu helfen.

„Komm mit, hier gibt es im Moment nichts zu tun und dein Körper wird bestens gepflegt und versorgt", sagte Gerry und fasste Ralf an der Hand.

Die Rückschau

Im nächsten Augenblick standen sie auf dem Schulhof unweit einer Gruppe von Schülern.

„Ich kapiere immer noch nicht, wie das funktioniert", sagte Ralf zu Gerry. „Wie kommen wir von einem Augenblick zum anderen in eine neue Umgebung?"

„Ganz einfach," erwiderte Gerry, „wir bewegen uns in der geistigen Welt mit den Gedanken. Wir brauchen nur an einen Ort zu denken und schon sind wir da. Hier geschieht eben alles gleichzeitig. Zeit und Raum existieren in unserer Welt nicht. Deshalb sind Entfernungen kein Problem, und wie schnell Gedanken sind, ist dir doch klar. Ich weiß, einem Menschen, der andere Bedingungen in seiner materiellen Welt gewöhnt ist, fällt es schwer, sich das vorzustellen. Du aber hast ja jetzt die Gelegenheit, es selbst zu erfahren. Auch wenn du nicht alles verstehst, lass es einfach geschehen und mach dir nicht so viele Gedanken darüber. Die wichtigen Dinge wirst du schon verstehen und für dich nutzen können."

Sie näherten sich der Schülergruppe, es waren Mitschüler von Ralf, die sich sehr intensiv unterhielten. Natürlich bemerkte niemand Ralf und Gerry. Sie redeten, als wären sie allein.

Marie war ein nettes Mädchen und Ralf hätte sie eigentlich gerne als Freundin gehabt. Um ihre Aufmerksamkeit zu bekommen, hatte er sich allerdings ihr gegenüber unmöglich benommen, sie bei jeder Gelegenheit bloßgestellt, teilweise auch unflätig beschimpft, sie an den Haaren gezogen oder sonst irgendwie gequält. Gerade sagte Marie: „Ralf tut mir leid. So ein schlimmer Unfall, die vielen Verletzungen und jetzt im Koma auf der Intensivstation. Das hat er nicht verdient. Er ist zwar ein echter Blödmann, aber das gönne ich ihm nicht." Ralf war erstaunt, das hätte er nicht erwartet. „Er ist ein richtiger Idiot", sagte Oliver. „Den Typen kannst du knicken. Den braucht kein Mensch. Mir hat er immer übel mitgespielt und mich bei den anderen angeschwärzt. Manchmal hatte ich das Gefühl, er hat Freude daran, anderen wehzutun, sie zu mobben und schlecht zu machen." Jetzt war Ralf aber betroffen. Normalerweise hätte er sich auf Oliver gestürzt und ihm mit seinen Fäusten die Meinung gegeigt, aber seltsamerweise machte ihn Olivers Ansage jetzt sogar ein bisschen traurig. Er kannte sich gar nicht so sentimental, ob das an seinem momentanen Zustand lag? Fragend blickte er zu Gerry rüber. Dieser lauschte aber sehr interessiert den Gesprächen der Schüler. „Das mit dem Unfall ist er selber schuld", sagte

Thilo, „warum hängt der Spacken sich auch an den Lkw? Wem wollte er mal wieder beweisen, dass er der Größte ist? Irgendwann musste sein großkotziges Gehabe ja mal schiefgehen. Kevin war vielleicht der Einzige von uns, der Ralf verstanden hat, aber nach seinem Tod wurde Ralf einfach unerträglich." Jetzt war Ralf den Tränen nahe.

Frau Schöler, die Lehrerin für Mathe und Deutsch, näherte sich der Gruppe.

„Kommt Ihr bitte auch in einer Viertelstunde in die Aula? Wir halten einen kleinen Bittgottesdienst für Ralfs Genesung, es wäre schön, wenn Ihr auch dabei wärt." Die Schüler nickten.

Gerry zog Ralf jetzt zur Seite und sie setzten sich auf die kleine Mauer, die den Schulhof begrenzte.

„Wie fühlst du dich jetzt?", fragte er ihn.

„Beschissen", sagte Ralf geradeheraus. Und das war noch geprahlt. „Ich wusste nicht, wie doof ich mich verhalten habe, wie andere mich gesehen haben und was ich mit ihnen gemacht habe. Es tut mir leid."

Gerry merkte, dass jetzt ein entscheidender Moment gekommen war.

„Eine Handlung oder Tat zu bereuen, ist die eine Sache", sagte er zu Ralf. „Das Nächste und Wichtigste aber ist, um Verzeihung zu bitten. Wenn dir der andere verzeiht, dann kann deine Schuld auch hier auf der anderen Seite vergeben werden. In deinem jetzigen Zustand ist es dir leider nicht möglich, deine Mitschüler um Verzeihung zu bitten, sie können dich nicht sehen und nicht hören. Darum ist mir erlaubt worden, einen sehr wirkungsvollen Prozess, den viele Menschen nach ihrem Tod durchlaufen müssen, jetzt mit dir zu machen. Bist du dazu bereit, vertraust du mir?"

Ralf war vom Gehörten tief beeindruckt und hatte auch keine andere Wahl, als zuzustimmen.

Plötzlich war der Schulhof vor ihren Augen verschwunden, die ganze Umgebung war wie eine riesige Kinoleinwand, auf der ein Film lief. Gerry hatte die Videos aus der Akasha-Chronik, in der alles aufgezeichnet war, angefordert und ließ sie nun in Echtzeit laufen. Jede Szene aus Ralfs Leben, in dem er einem anderen Menschen Schmerz bereitet hatte, kam nun auf die Leinwand und Ralf musste sie sich erneut ansehen. Dieses Mal jedoch musste er sich das Spiel „aus den Schuhen" der anderen anschauen.

Er musste jeden Schmerz, jede Verletzung, jede Scham, jeden Ärger, den er im anderen verursacht hatte, selbst durchleiden.

Es war wie eine Marter mit glühenden Kohlen, die ihm aufgelegt wurden. Die Schmerzen wurden immer mehr, immer größer und tiefer. Bald glaubte er, es nicht mehr aushalten zu können. Er wollte sterben, aber das ging ja nicht. Er musste weiter leiden unter den Schmerzen, die er anderen zugefügt hatte. Mit jedem Video verstärkte sich die Pein, je älter er wurde, desto schlimmer waren die Begebenheiten. Es waren nicht nur seine Mitschüler und Lehrer, denen er Schmerzen zugefügt hatte, es kamen auch seine Eltern und Frau Brenner in den Filmen vor und er musste auch ihre Verletzungen und das Leid und Weh spüren, das er verursacht hatte.

Als die Leinwand verschwand und der Schulhof wieder vor ihren Augen auftauchte, war Ralf am Ende aller Kräfte. Schlimmer konnte sich auch sein Körper mit all den Wunden und Brüchen nicht anfühlen, die der Unfall verursacht hatte. Er saß mit hängendem Kopf auf der Mauer und war so mitgenommen, dass er kein Wort rausbrachte.

Gerry hatte die ganze Zeit über Ralf gewacht. Er konnte genau spüren, was in ihm vorging und welche Qualen er durchleiden musste. Als Engel konnten ihm Schmerzen und Leiden nichts antun, aber er nahm sie und ihre Wirkung auf Ralf wahr.

„Vergiss das bitte nie, was du jetzt erlebt hast", sagte Gerry. „Ihr Menschen nennt diesen Prozess Hölle. Aber so richtig glaubt ja keiner mehr an die Hölle, weil in alten Vorstellungen damit ein Ort gemeint war, an dem die Teufel den Menschen für seine Sünden quälen. Das ist ein Bild, vielleicht aus hellsichtigen Momenten einiger Seher entstanden, aber es trifft den Prozess ganz gut. Die Hölle ist kein Ort, sondern ein Prozess. Der Prozess der Reinigung, bei dem man alles selbst durchlebt, was man anderen zugefügt hat. Denn nur dadurch kommt dein Wesen zur Erkenntnis von Ursache und Wirkung, also was deine Taten bei den anderen auslösen."

Ralf war sehr beeindruckt, in verschiedener Hinsicht. Ihm war erstmals bewusst geworden, was sein Verhalten mit den anderen gemacht hatte, und er hatte alles selbst fühlen müssen, was die anderen empfanden. Er musste an Frau Brenner denken, wie oft er respektlos zu ihr war, obwohl sie doch wirklich nur helfen wollte. Oder an seine Eltern, denen er trotzige Widerworte gegeben hatte, wenn sie ihn ermahnen wollten, sich doch etwas angemessener zu verhalten. Oder an seine Lehrer, denen er bei jeder Gelegenheit dumme Sprüche gab, statt ihre Bemühungen anzuerkennen, ihm etwas beibringen zu wollen. Natürlich bereute er jetzt nach dieser Erfahrung auch sein Verhalten gegenüber seinen Mitschülern zutiefst und er nahm sich ganz fest vor, sich bei allen zu entschuldigen, sofern er noch einmal dazu eine Gelegenheit haben würde.

„Komm", sagte Gerry, „es wird Zeit, in die Aula zu gehen. Wir wollen doch den Gottesdienst nicht verpassen."

Die Versöhnung

Die Aula war bis auf den letzten Platz besetzt. Der Direktor und alle Lehrer waren da und fast alle Schüler aus allen Klassen. Die Nachricht vom tragischen Unfall hatte sich rasend schnell herumgesprochen und die meisten waren irgendwie betroffen vom Schicksal ihres Mitschülers. Steffi saß am Piano und die Versammlung hatte gerade ein wunderschönes Kirchenlied angestimmt. Ralf erinnerte sich vage an die Melodie, und auch, wenn ihm der Text nicht mehr einfiel, berührte ihn das Lied sehr. Ihm war, als wenn über den Köpfen der Teilnehmer ein schwaches Licht erschien, während sie sangen. Und dann sah er die Engel. Hinter jedem, den Kleinen, den Großen und den Erwachsenen, stand eine fast durchscheinende Gestalt und er zweifelte jetzt keinen Moment mehr daran, dass dies die Schutzengel waren. Es war eine wunderschöne und bewegende Feier, und alles seinetwegen. Sie waren alle gekommen, um für seine Gesundheit zu beten. Und das, obwohl er vielen von ihnen das Leben schwer gemacht hatte. Ralf hielt jetzt nichts mehr auf seinem Platz. Er wollte jedem Einzelnen ins Gesicht sehen, er ging durch die Reihen und schaute jeden Teilnehmer der Feier an. Keiner bemerkte ihn, weil sie ihn ja nicht sehen konnten. Die Engel ihrerseits jedoch blickten ihn mit einem geheimnisvollen Blick an und er konnte nicht erkennen, was in ihnen dabei vorging. Doch mit jeder Begegnung wurde Ralf wärmer in der Brust. Ralf war in einer ganz eigenartigen Stimmung, die er so noch nie erlebt hatte. Es hatte ihn eine warme und wohlige Schwingung erfasst, die von der Versammlung, von ihrem Gebet und Gesang ausging. Er spürte förmlich eine Welle des Mitgefühls und der guten Wünsche, der Bitten an die himmlischen Kräfte für seine Heilung. Nach dem Ende der kleinen Feier verließen die Lehrer und Schüler leise und schweigend die Aula, selbst noch mit ihren Gedanken an Ralf und ihrem Mitgefühl mit ihm beschäftigt.

Als alle gegangen waren und Ralf zu Gerry zurückkehrte, fragte er ihn:

„Was geht hier vor? So etwas habe ich noch nicht erlebt, dieses Gefühl von Wärme in der Brust."

„Du erinnerst dich gerade an das tiefe Gefühl der Liebe", antwortete Gerry. „Die Liebe ist Gott und das ganze System der Schöpfung ist geflochten aus Gottes Liebe. Du hast als kleines Kind die Liebe deiner Mutter und deines Vaters gespürt und auch die Liebe in dir zu jedem von ihnen. Mit der Zeit und aus verschiedenen persönlichen

Gründen, die jeder für sich selbst zu verantworten hat, habt ihr die Liebe versickern lassen und das Gefühl dafür verloren. Jetzt erinnerst du dich wieder an dieses Gefühl, das du vergessen hattest. Dadurch, dass die Liebe aus deinem Leben verschwunden war, bist du immer unausgeglichener, wütender und zerstörerischer geworden. Jetzt ist vielleicht der Moment gekommen, an dem du eine wichtige Entscheidung treffen solltest. Du hast gesehen, welch schlimme Dinge du in einem Zustand ohne Liebe getan und was du damit anderen zugefügt hast. Hier, in der Aula, erlebst du gerade, welche Wärme von der Liebe ausgeht und was sie in dir für ein Wohlgefühl erzeugt. Die Schüler und Lehrer sind in einer Stimmung der Liebe und des Mitgefühls für dich, auch wenn sie dich kaum kennen und selbst wenn du ihnen arg mitgespielt hast. Trotzdem sind sie hier alle zusammengekommen, um den Himmel um Hilfe für dich zu bitten, weil du ihnen leidtust. Was meinst du, wofür würdest du dich entscheiden, falls du weiterleben dürftest?"

Gerry war klar, dass jetzt gerade vielleicht ein Wendepunkt in Ralfs Leben kommen könnte. Und er freute sich, weil er im Rahmen seiner Aufgabe dabei sein durfte und Ralf begleiten konnte.

Ralf war sehr still geworden und in sich gekehrt. Er spürte der Wärme in der Brust nach, die langsam abnahm und dachte lange darüber nach, was der Engel ihm gezeigt und was er dabei wahrgenommen hatte. Gerry wusste, dass die Eindrücke auf den Jungen elementar waren und dass es wichtig war, jetzt bei ihm zu sein.

Nach einer Weile, die sich schon recht lange angefühlt hatte, nahm Gerry wieder die Hand von Ralf und sagte: „Komm mit, ich zeige dir jetzt die Welt, wie du sie bisher nicht gesehen und erkannt hast."

Und so gingen sie durch die Welt über den wunderschönen Planeten Erde und Gerry zeigte Ralf, was er unter den Begriffen Leben, Schöpfung und Natur verstehen sollte. Sie gingen über blühende Wiesen, durch wogende Kornfelder, überquerten rauschende Bäche und Flüsse, stiegen zu den höchsten Gipfeln auf. Gerry ließ Ralf den Schnee, den Regen, die Jahreszeiten riechen. Er öffnete den Boden und zeigte Ralf das Leben unter der Erde, die Würmer bei ihrer Arbeit, Humus zu produzieren, die kleinen und kleinsten Wurzeln der Bäume, die das Wasser aus dem Boden nach oben ins Laub transportieren. Er zeigte ihm, wie die kleinen und kleinsten Lebewesen ihren Dienst für das große Ganze leisten. Gerry machte Ralf auch darauf aufmerksam, wie die

Vögel singen und damit Gott loben und preisen, auch wenn ihnen niemand zuhört; wie die Blumen ihre Kelche zum Himmel strecken und duften, auch wenn kein Auge auf sie fällt und anscheinend niemand ihre Schönheit bemerkt. Gerry erklärte den tieferen Sinn, wie alles Leben aus Gott entsteht und miteinander verbunden ist. Er ließ Ralf in die großen Zusammenhänge des Lebens blicken und die Chöre der Schöpfung dieser Welt hören, die zum Himmel hinauf jubelten aus dem Glück des Seins heraus.

Auf einer kleinen Anhöhe standen eine große Linde und neben ihr ein steinernes Wegekreuz. Die kleine Bank unter dem riesigen alten Baum war ein guter Platz, um einen Moment auszuruhen.

Und Gerry kam jetzt zu einem sehr wichtigen Punkt:

„Sieh mal, Ralf, alles, was ich dir jetzt gezeigt habe, ist so herrlich und unvorstellbar groß, geheimnisvoll und heilig, dass eigentlich jeder Mensch Ehrfurcht vor Gott und seiner Schöpfung haben müsste. Sollte nicht jeder dankbar dafür sein, hier auf diesem herrlichen Planeten all die kostbaren Erfahrungen machen zu dürfen, die ihm nur hier angeboten werden? Wenn die Menschen die Welt mit offenen Augen sehen würden, wäre das Leben hier doch wie im Paradies, nicht wahr? Merke dir, dass die Dankbarkeit eine ganz wichtige Übung ist. Wenn du dir täglich bewusst wirst, wofür du dankbar sein kannst, wirst du dein Leben wesentlich verbessern. Überlege mal, was das alles ist. Wenn du morgens aufwachst, kannst du zum Beispiel dafür dankbar sein, dass niemand in der Nacht auf dich geschossen hat, du nicht verfolgt wurdest, dass du in einem weichen, warmen Bett gut geschlafen hast, dass du ein Dach über dem Kopf hast, sauberes Wasser zu trinken, mehr als genug zu essen und anzuziehen, dass du in Frieden und Freiheit selbstbestimmt leben darfst. Und abends machst du es genauso, indem du nochmals über den Tag nachdenkst und Gott für all die schönen Dinge, die du hast, und für die Begegnungen und Freunde und deine guten Lebensumstände insgesamt von Herzen dankst. Dann denke auch daran, dass das alles nicht selbstverständlich ist und dass es Millionen Menschen viel schlechter geht."

„Aber warum ist das so?", fragte Ralf, „warum gibt es so viel Elend auf dieser Welt? Wie kann Gott das zulassen, wo er doch die Liebe ist? Warum verhungern Menschen, während andere in Saus und Braus leben? Warum sterben schon kleine unschuldige Kinder, während große

Schufte uralt werden? Wie soll man das verstehen?".

„Das ist für Menschen auch schwer zu verstehen", gab Gerry zu. „Erst wenn man sich für diese Fragen ernsthaft interessiert, fängt man an, nach Antworten zu suchen. Diese Suche dauert mitunter viele Jahre eines Menschenlebens, im Grunde genommen dauert sie viele Menschenleben lang, wenn man sich einmal auf den Weg gemacht hat. Dabei können dich viele Menschen ein Stück begleiten, aber gehen musst du den Weg selbst. Ich darf dir hier nicht alles offenbaren, denn du musst es dir erarbeiten. Das ist so wie in der Schule, wo ein Schüler in der zweiten Klasse nicht das Abitur machen kann. Er muss Schritt für Schritt lernen und aufsteigen, so ist das im Leben auch. Ich kann dir nur so viel sagen: Solange die Menschen an einen Tod glauben, solange sie glauben, dass sie nur einmal leben und danach alles gut ist, solange werden sie die Gesetze und das Wirken der göttlichen Gerechtigkeit nicht erkennen. Erst das Verstehen, dass der Mensch eingewoben ist in das Netzwerk des ewigen Lebens, dass er ein unvergänglicher Teil davon ist, könnte ihn dazu bewegen, sich um sein eigenes Wachstum zu kümmern und das Streben nach höheren Zielen, hin zu Gott, zu seinem Lebensinhalt zu machen."

„Aber warum hat Gott es zugelassen, dass ich unter den Lkw geraten bin?", fragte Ralf.

Gerry lächelte und antwortete: „Sieh mal, Gott hat den Menschen das Geschenk des freien Willens gemacht. Damit kann der Mensch im Prinzip tun und lassen, was er will. Er muss allerdings dafür auch die Konsequenzen tragen, wie ich dir schon einmal erklärt habe. Gott hat dir nicht befohlen, dass du dich am Lkw festhalten solltest, es war deine eigene Entscheidung. Es geschieht viel Unglück auf der Welt, und ob du es glaubst oder nicht, jedes Unglück, das einem Menschen geschieht, ist in seinem Lebensplan vorgesehen. Nochmals: Alles dient allem, und so dient auch eine schlechte Erfahrung, sei es ein Unfall oder eine Krankheit, der Erkenntnis, der Reife und dem Wachstum.

Schau, in deinem Fall bist du jetzt hier mit mir in dieser Zwischenwelt, um deine Erfahrungen zu machen. Währenddessen machen sich deine Eltern größte Vorwürfe und überlegen, welche Fehler sie gemacht haben und was sie ändern würden, hätten sie dich doch nur gesund wieder. Und deine Lehrer und Mitschüler feiern für deine Genesung einen kleinen Gottesdienst, obwohl du dich wahrlich nicht bei ihnen beliebt gemacht hast. Es geschehen also viele Dinge im Moment, und dein Unfall betrifft nicht nur dich, sondern noch viele andere Menschen. Wir werden die Geheimnisse der göttlichen Gesetze nie vollständig begreifen und ihr Wirken wird uns nicht in jedem Fall verständlich sein. Aber schon die wenigen Zusammenhänge, die wir erkennen können, müssen uns unweigerlich dazu führen, dass wir auf die absolute Gerechtigkeit und das unfehlbare Wirken dieser Gesetze vertrauen. Das ist dann das, was die Menschen Gottvertrauen nennen."

Ralf war so erfüllt von dem, was Gerry ihm erklärt hatte, dass er merkte, wie großartig alles im Leben war und wie unglaublich perfekt alles miteinander wirkte. Er hatte einmal mit seinen Eltern ein Konzert in der Philharmonie besucht und war von dem ganzen Aufwand genervt. Aber jetzt erinnerte er sich, wie perfekt das Orchester zusammenspielte. Jeder Künstler spielte auf seinem Instrument seinen Part mit äußerster Präzision und zusammen ergab das ein orchestrales Meisterwerk. Der Komponist hatte den Plan zu diesem Werk schon in seinem Kopf und hörte es wohl auch mit allen Stimmen, als er die Noten zu Papier brachte. So ähnlich musste Gott seine Schöpfung schon in allen Facetten als Plan gehabt haben. Und als er den Plan ausrollte, entstand nach und nach alles, was ist. Obwohl Ralf wusste, dass es für ihn nur eine Vorstellung war, konnte er sich mit diesem Bild anfreunden.

Es war ein herrlicher Platz auf dieser Bank unter der Linde und Ralf genoss die Ruhe, um alles Besprochene langsam in sein Innerstes einsickern zu lassen. Die Nähe von Gerry tat ihm sehr gut, er fühlte sich nicht mehr so erschlagen und matt, sondern spürte, dass seine Kräfte langsam wiederkamen.

Auf einmal bemerkte Ralf ein merkwürdiges Ziehen im Bereich des Bauchnabels. Er sah, dass die Lichtschnur, die er schon einmal im Krankenhaus gesehen hatte, jetzt wieder etwas flackernd heller wurde und immer stärker zu leuchten anfing. Gerry hatte den Vorgang auch bemerkt, stand auf, fasste Ralf an der Hand und sagte ganz ruhig: „Komm mit, wir müssen gehen."

Im nächsten Moment standen sie im Krankenhaus neben dem Bett, in dem Ralfs Körper lag. Am Fußende des Bettes standen beide Eltern mit bangen Gesichtern. Neben dem Bett stand Dr. Braun, und eine Schwester beobachtete die Monitore.

Gerade hatte Dr. Braun zu den Eltern gesagt: „Ich werde jetzt versuchen, Ralf aus dem Koma zu holen. Ich habe ihm eine Spritze gegeben und hoffe, dass er gut reagiert."

Ralf sah Gerry fragend an, während er spürte, dass der Zug im Bauchbereich hin zum Bett immer stärker wurde.

Gerry sagte: „Geh nur, Ralf, du hast dich entschieden, dein Leben weiterzuführen. Jetzt mach das Beste draus. Du weißt ja jetzt, wie es gehen könnte. Denk immer daran, dass ein Schutzengel bei dir ist und dir auf die eine oder andere Weise beistehen kann, wenn du ihn rufst. Wenn du gleich wieder im Körper bist und wach wirst, hast du vieles von dem vergessen, was ich dir gezeigt habe. Aber das macht nichts, denn dein Unterbewusstsein hat alles abgespeichert und du kannst darauf zurückgreifen, wann immer du willst. Wichtig ist: Respektiere dein Leben, das Leben der Anderen und das Leben im Ganzen und habe Gottvertrauen. Alles Gute, Ralf."

Im nächsten Augenblick schlug Ralf die Augen auf.

Kapitel 2 – Gerda

Eine neue Aufgabe

Gerry war noch sehr beeindruckt von der Erfahrung seines ersten Auftrages. Er hatte eine Auszeit gewährt bekommen, um das Geschehen zu verarbeiten. In seinem gemütlichen Häuschen am Rand des kleinen Dorfes genoss er das göttliche Licht, das diese ganze himmlische Sphäre hell und warm mit seinem Glanz beleuchtete und dadurch mit einer wunderbaren, friedlichen und liebevollen Energie versorgte. Gerry verbrachte die Zeit im Gebet und mit tiefer Meditation. Hier konnte er sich völlig der göttlichen Gnade und Liebe hingeben und kam in tiefster Versenkung zu höchsten Glückszuständen, in denen er schier mit der unbeschreiblichen Macht und Kraft der göttlichen Präsenz aus der zentralen Urquelle zu verschmelzen schien. Gerry wusste natürlich, dass er noch viele Stufen der Entwicklung durchlaufen würde, bis das wirklich geschehen konnte. Aber allein schon diese Erfahrung der Verbindung zur Quelle machen zu dürfen, durchflutete ihn mit warmen Wellen von Liebe und Glückseligkeit. Er fühlte eine tiefe Dankbarkeit für diese Ruhephase und alles, was er bisher erfahren durfte.

Als Baldo, der Botenengel, auf einmal neben ihm stand, kam es Gerry wie gestern vor, dass er die Betreuung von Ralf an einen anderen Engel übergeben hatte, um in seiner Heimatsphäre eine Auszeit zu nehmen. Baldo hatte auch damals den Transfer von der Erde in die himmlische Heimat begleitet. Dort unten war bereits geraume Zeit verstrichen, aber hier in den himmlischen Bereichen existierte keine Zeit. Jedenfalls war Gerry jetzt voller Energie und sehr neugierig, was Baldo zu berichten hatte.

„Leonhard möchte dich sehen", sagte Baldo.

„Von Herzen gern", sagte Gerry und freute sich sehr auf das Wiedersehen.

Ihre Reise durch die höheren Sphären dauerte kaum einen Wimpernschlag und sie standen vor Leonhard. Gerry sank vor Freude und Liebe in Hingabe vor Leonhard auf die Knie und war geblendet von dessen göttlicher Ausstrahlung.

Leonhard lächelte, und dieses Lächeln verströmte solch eine liebevolle Wärme in Gerrys Herz, dass er ebenfalls in seiner Glückseligkeit zu leuchten begann.

„Erhebe dich, mein lieber Bruder", sagte Leonhard. „Ich habe dich gebeten zu kommen, weil ich mit dir reden muss. Du hast deinen letzten

Auftrag sehr gut gemeistert, obwohl er nicht einfach war. Wir haben deine Arbeit im Hohen Rat verfolgt und wir sind sehr zufrieden mit dir. Deshalb haben wir überlegt, ob wir dir nicht einen speziellen Aufgabenbereich übertragen sollten. Wie du weißt, haben aber alle Wesen von Gott ihren freien Willen zur Selbstbestimmung erhalten. Deshalb wollten wir gerne vorher mit dir darüber reden."

„Lieber Bruder Leonhard", antwortete Gerry, „ich bin dankbar und glücklich, Gott dort zu dienen, wo ich hingestellt werde. Der Hohe Rat und Ihr seid der göttlichen Quelle bereits wesentlich näher als ich und könnt damit die unzähligen Verknüpfungen und das Zusammenwirken allen Seins in allen Sphären weitaus besser erkennen als ich. Damit seht Ihr Gottes Schöpfung in einem viel helleren Licht und erkennt Seinen Willen wesentlich klarer. Deshalb freue ich mich über alles, was Ihr mir auftragt, wenn ich damit meinen Beitrag zur Gesamtheit leisten kann."

„Sehr gut, lieber Gerry", sagte Leonhard, „wir hatten das auch nicht anders von dir erwartet. Deine Worte bestärken uns in unserer Wahl, dich mit einer besonderen Aufgabe zu betrauen. Nun höre, was wir dir vorschlagen: Deinen letzten Auftrag hast du sehr gut bewältigt und wir konnten dir eine Auszeit gewähren, indem wir deinem Schützling einen anderen Engel zur Seite gestellt haben. Du hast dem Jungen in einer sehr wichtigen und schwierigen Lebensphase deine Unterstützung und Hilfe zukommen lassen, und zwar so, dass sie ihm auf seinem weiteren Lebensweg zur Erreichung seiner Ziele dienen wird. Selbstverständlich gehört das zu den Aufgaben eines Schutzengels. Nun ist es aber so, dass längst nicht jeder Mensch solch dramatische Krisen zu durchlaufen hat, wie du es bei Ralf erlebt hast. Doch da jedes Menschenleben einzigartig ist, sowohl vom Ansatz als auch vom Verlauf her, gibt es auch besondere Ereignisse, Begebenheiten und Schwierigkeiten im Leben eines Menschen, die einer besonderen Betreuung bedürfen. Und du, lieber Gerry, bist in unseren Augen eben sehr gut geeignet, in solchen Situationen mit deinen Fähigkeiten einzuspringen und Hilfe zu leisten. Wie du weißt, bleiben die meisten Schutzengel ihren Menschen ein Leben lang zur Seite, manchmal dürfen sie sie sogar mehrere Leben lang begleiten, obwohl das seltener vorkommt. So wie sich Menschen im Laufe ihres Lebens verändern, lernen und wachsen, so ist es auch bei den Engeln. Deshalb ist es durchaus möglich, dass der Schutzengel den Schützling wechselt und ein anderer übernimmt. Für bestimmte Situationen haben wir sogenannte „Krisen-Interventions-Engel" ernannt, die einspringen können, wenn ihre spezielle Mission erforderlich wird. Dich haben wir für eine solche Aufgabe vorgesehen. Was sagst du dazu?"

„Danke dir von Herzen, lieber Bruder Leonhard", sagte Gerry. „Wie ich eben schon gesagt habe, folge ich herzlich gerne Euren Anweisungen und nehme jede Aufgabe, die Ihr mir stellt, mit Freuden an. Wenn ich nur Eure Unterstützung und Hilfe bei der Bewältigung der Arbeit erhalte und ich weiß, dass Ihr hinter mir steht, so will ich alle Werke gerne angehen und die Herausforderungen annehmen."

„Sehr gut", sagte Leonhard, „du kannst dir unserer Unterstützung und unseres Beistandes stets sicher sein. Der Hohe Rat und ich freuen uns sehr, dass du bereit bist, neue Aufgaben zu übernehmen. Baldo wird dich jetzt zu deinem nächsten Schützling bringen – Gott mit dir, mein Bruder."

Gerda

Wieder verging die Reise durch die himmlischen Sphären zur Erde an der Seite von Baldo in einem Augenblick, und im nächsten Moment standen sie in einem muffigen, dunklen Kellerraum vor einer alten Frau.

„Das ist Gerda", sagte Baldo und schaute Gerry ein wenig mitleidig an.

Im nächsten Moment war er auch schon wieder verschwunden.

Gerdas bisheriger Schutzengel war bereits für eine andere Aufgabe abgezogen worden und stand nicht mehr für Auskünfte über sie zur Verfügung.

Also wollte sich Gerry zunächst einmal einen groben Überblick verschaffen und beobachtete die alte Frau und die Umgebung sehr aufmerksam. Gerda musste schon recht betagt sein, nach menschlichen Maßstäben also ziemlich alt. Ihr graues Haar hatte sie zu einem Dutt geknotet. Sie trug ein verwaschenes Kleid mit großen Blumen und darüber einen grauen Kittel. Die alten, ausgetretenen Schuhe hatten wohl viele Kilometer zurückgelegt, schienen für Gerda aber lieb gewordene Begleiter zu sein. Durch ihre alte Brille, die schon ordentlich verkratzt war, begutachtete sie die Waren in den Regalen. Mal staubte sie mit einem Lappen etwas ab, dann nahm sie eine Packung in die Hand und schaute sich den Karton länger an. Mit einem tiefen Seufzen las sie die Aufschrift und begutachtete die Bilder darauf. Offensichtlich standen die Kartons, Gläser und Dosen schon recht lange hier im Regal und erinnerten Gerda an vergangene Zeiten. Manchmal sprach sie auch mit sich selbst und dann brummelte sie etwas Unverständliches vor sich hin. Gerry hatte von Anfang an ein Empfinden von düsterer Melancholie und Einsamkeit, die Gerda anhafteten. Schon hier in dem dunklen Lagerraum konnte Gerry erkennen, dass die Farben ihrer Aura nur noch sehr blass waren und sie kaum mehr Konturen hatte. Stattdessen hatte sich wohl mit der Zeit ein dichter Grauschleier um sie gelegt. Gerry hatte gleich Mitgefühl für sie und fasste den festen Entschluss, ihr nach besten Kräften zu dienen und aus dieser Verfassung herauszuhelfen, obwohl er ahnte, wie schwierig das sein musste.

„Mutter", hörte man es oben rufen, „bist du da unten?"

„Ja doch, ich bin hier", rief Gerda nach oben. „Was willst du?"

Karin kam die Treppe runter. Sie war Gerdas Tochter und wollte nach ihrer Mutter sehen.

„Was machst du hier unten?", fragte Karin. Sie sah sich um und es gruselte sie ein wenig beim Anblick der hier eingelagerten Dinge.

„Ich mache hier Ordnung. Sonst macht das ja keiner", antwortete Gerda und sah Karin dabei vorwurfsvoll an.

„Willst du hier nicht mal gründlich aufräumen und das meiste wegwerfen?", fragte Karin und schaute sich leicht angewidert um.

„Was? Du hast es ja dicke, du hast noch nie Not und Hunger erfahren. Bei euch wird gleich alles weggeschmissen, ihr habt keine Achtung mehr vor den Dingen. Ihr lebt in den Tag hinein und sorgt euch nicht, dass es auch mal wieder schlechter werden kann. Aber warte ab, eines Tages wird auch euch mal die Not treffen, aber dann komm bloß nicht zu mir", rief Gerda bissig.

Gerry spürte unmittelbar die dicke Luft, die zwischen Mutter und Tochter herrschte. Da er nicht eingreifen konnte und durfte, hörte er aufmerksam zu.

„Mutter", sagte Karin, „so geht das doch auf Dauer nicht weiter. Komm, lass uns raufgehen in die Stube, ich mache uns einen Tee und wir reden miteinander." Karin wollte in jedem Fall Schönwetter machen und die Wogen wieder glätten.

„Na gut", sagte Gerda, „setz schon mal das Wasser auf, ich komme gleich."

Nachdem Karin in die Küche hinaufgegangen war, schaute sich Gerda nochmals in Ruhe um, begutachtete ihre Bestände und erklomm schließlich mühsam die Kellertreppe nach oben. Eigentlich wäre sie lieber allein geblieben, aber sie konnte Karin nicht ständig aus dem Weg gehen. Allerdings waren ihr die Vorhaltungen ihrer Tochter immer lästiger geworden und sie wurde von Mal zu Mal gereizter und bissiger zu ihr.

Der Wasserkessel hatte schon gepfiffen, auf dem Stubentisch standen bereits die Tassen sowie eine kleine Schale mit Gebäck.

Als beide nun beim Tee zusammensaßen, wurde erst einmal ausgiebig geschwiegen. Gerry merkte die unterschwellige Spannung zwischen Mutter und Tochter und versuchte, einen positiven Energiefluss im Raum herzustellen, was ihm aber nur sehr bedingt gelang, da die Gefühle der beiden Damen in ihrer Gegensätzlichkeit recht stark aufeinanderprallten.

Schließlich begann Karin das Gespräch.

„Mutter, du bist jetzt 81 Jahre alt und lebst allein in diesem Haus. Ich kann nicht die ganze Zeit bei dir sein und für dich sorgen. Ich muss noch gut zehn Jahre im Amt arbeiten und kann immer nur abends kommen. Eine ständige Betreuung hier bei dir können wir uns nicht leisten, dafür ist deine Rente zu klein und von meinem Einkommen bleibt auch nicht viel übrig. Bitte, überlege dir, ob du nicht doch das Haus verkaufen willst und in eine Seniorenwohnanlage ziehen kannst. Dort würdest du sehr gut betreut und …"

„Hör auf, hör auf", schrie Gerda und unterbrach Karin, „immer wieder kommst du in letzter Zeit mit solchen Gedanken. Kannst du es nicht abwarten, bis du das Haus erbst? Willst du es jetzt schon versilbern und mir wegnehmen? Was habe ich dir getan, dass du so mit mir umgehst? Schämst du dich nicht?"

„So", rief Karin empört, „das reicht. Mach doch, was du willst. Bleibe hier allein. Deine Freunde und Freundinnen sind schon in Seniorenwohnanlagen, von denen kommt dich keiner mehr besuchen. Und mit den Nachbarn hast du es dir schon lange verdorben, weil du so unfreundlich zu ihnen warst. Aber wenn du hier mal hilflos bist, wirst du es vielleicht bitter bereuen, dass niemand mehr zu dir kommt. Auf mich brauchst du dann auch nicht zählen. Statt meine Hilfe anzunehmen, beleidigst du mich und wirfst mir vor, dass ich mich auf deine Kosten bereichern will. Das ist ungeheuerlich. Ich glaube, es ist für uns beide besser, wenn sich unsere Wege jetzt hier trennen."

Mit diesen Worten stand Karin auf und verließ das Haus, nicht ohne die Haustüre laut ins Schloss knallen zu lassen – so zornig war sie.

Gerda saß noch länger stumm da und starrte mit ausdruckslosem Gesicht auf ihre Teetasse. Irgendwann räumte sie die Tassen in die Küche und setzte sich vor ihren Fernseher. Gerry saß dabei und dachte über die Beziehung von Mutter und Tochter nach. Er schaute Gerda manchmal an, aber ihr Gesicht ließ nicht erkennen, ob sie wirklich Anteil an den Berichten und Filmen im Fernsehen nahm, denn sie wirkte irgendwie erstarrt. Gerry beschloss, ihr Leben in der Akasha-Chronik anzusehen, sobald sie schlafen gegangen war.

Ein Menschenleben

Nachdem Gerda sich ins Bett gelegt hatte und Gerry an ihren ruhigen Atemzügen hörte, dass sie eingeschlafen war, baute er wieder eine Verbindung zur Akasha-Chronik auf und ließ sich die Videos aus Gerdas Leben zeigen.

Gerda war 1940 bei Gablenz in Schlesien auf einem Bauernhof zur Welt gekommen. Obwohl der Zweite Weltkrieg schon begonnen hatte, lebte man hier noch in ländlicher Idylle, auch wenn das NS-Regime wichtige Teile des Alltages kontrollierte und die Menschen mehr und mehr für die Kriegsführung abzugeben hatten. Gerda war zu klein, um die Entwicklung ihrer heimischen Welt und das heraufziehende Unheil bewusst mitzuerleben. Dennoch nahmen die Entbehrungen zu und Gerda sah ihre Mutter häufiger weinen. Der Vater war wohl schon länger weg, denn Gerda hatte ihn nie kennengelernt. Als Gerda vier Jahre alt war, wurde sie eines Nachts von ihrer Mutter aus dem Bettchen gerissen, mit Decken und Kissen sowie allerlei Habe auf einen Leiterwagen gepackt und in der Dunkelheit von zu Hause weggebracht. Am nächsten Morgen sah sie eine lange Reihe von Wagen, teils mit Pferden, teils von Hand gezogen und eine Menge Menschen, die neben den Wagen hergin-

gen. Ihre Mutter hatte sich einem Flüchtlings-
treck angeschlossen, um vor der herannahenden
Front zu fliehen. Aus der Ferne hinter ihnen
klang der bedrohliche, unaufhörliche Geschütz-
donner und trieb den Treck vor sich her. Die dicken Rauchschwaden und der Brandgeruch, der
von der Front wehte, tat ein Übriges, die Flücht-
linge anzutreiben. Das kleine Mädchen konnte
nicht verstehen, was geschah. Es sah das Leid,
die Not, die Angst und es beschloss, diese Welt
nicht in sich hineinzulassen. Es weigerte sich, an
diesem ganzen Elend teilzunehmen und ver-
stummte. Manchmal kamen Flugzeuge ganz tief
über die Felder gerast. Aus ihren Flügeln spuck-
ten sie tödliches Feuer. Die Menschen sprangen
in die Gräben entlang der Straße und versuchten,
sich so gut es ging zu schützen. Trotzdem blieben immer wieder einige liegen, die nicht mehr
aufstanden und zurückgelassen werden mussten. Gerda hörte nur, dass sie tot seien und man
nichts mehr für sie tun könne. So zogen sie weiter nach Westen auf der Flucht vor dem Krieg.
Aber in dieser Zeit konnte niemand dem Krieg
entkommen. Alle waren mehr oder minder von
diesem Unheil betroffen.

Gerry sah sich die Filme an und überlegte,
welch niedriges Bewusstsein auf der Erde

herrscht, dass sich die Menschen solche Grausamkeiten im Krieg gegenseitig antun. Es schauderte ihm bei dem Gedanken daran, welche lebenslangen Folgen diese Erlebnisse für die Menschen hatten. Gespannt beobachtete er die weitere Entwicklung im Leben von Gerda, die er sich in der Akasha-Chronik wie in einem Video zeigen ließ.

Nach mehreren Monaten auf der Flucht konnte der Treck die Front hinter sich lassen und kam in Süddeutschland an, wo die Flüchtlingsströme auf verschiedene Lager aufgeteilt wurden. Inzwischen hatte der Krieg mit der vollständigen Kapitulation des Deutschen Reiches ein Ende gefunden. Allseits herrschte Freude darüber, dass nicht mehr geschossen wurde, auch wenn jetzt Fremde das Sagen hatten. Immerhin sorgten die Besatzer dafür, dass wieder so etwas wie ein ziviles Leben in Gang kam, aber die Menschen hatten trotzdem jeden Tag Angst, ob es genug zu essen gab für alle. Die kleine Gerda fand bald im Lager Spielkameraden und vergaß langsam die Schrecken der Flucht. So ging das Leben weiter, ihre Mutter fand als Näherin Arbeit und alle richteten den Blick nach vorne. Aus der größten Not und Armut heraus entwickelte sich für die vom Krieg geschundene Bevölkerung eine bescheidene Normalität.

Eines Tages stand ein fremder Mann vor der Tür. Er hatte nur noch ein Bein und ging deshalb mit Krücken. Sein Gesicht war düster und verhärtet und er machte Gerda gleich Angst. Sie versteckte sich hinter ihrer Mutter, als diese ganz erschreckt aufschrie: „Franz, du lebst?"

Nachdem sich der Mann in der kleinen Küche gesetzt hatte, sagte ihre Mutter zu ihm: „Franz, ich habe mich überall nach dir erkundigt, aber keiner konnte mir Auskunft geben, wo du bist und ob du noch lebst. Wo warst du und wie ist es dir ergangen?" Sie erklärte Gerda, dass dieser Mann da ihr Vater sei.

„Ach Frau, lass mich mit den Fragen in Ruhe. Ich kann und will nicht mehr über diese Zeit, die hinter mir liegt, sprechen. Wie du siehst, habe ich meinem Land mein Bein geopfert, und für was? Ich war bis jetzt in Gefangenschaft, wir hatten nichts zu essen und nur die Gedanken an zu Hause und euch haben uns am Leben gehalten." Er machte eine längere Pause. „Und damit muss jetzt genug sein, mehr erzähle ich nicht. Es war zu grausam."

Gerdas Vater war sichtlich vom Krieg gezeichnet, und obwohl Gerdas Mutter alles versuchte, bekam sie keinen herzlichen Kontakt mehr zu ihm. Sein Verhalten zu seiner Frau hatte sich durch das Erlebte verändert. Dieser Mann war von den Geschehnissen gebrochen, er konnte keine Gefühle mehr zeigen und war im Grunde eine verlorene Existenz. Er verdiente als Korbflechter etwas zum Familienunterhalt dazu und begann nebenbei eine Ausbildung bei einem Schnitzer, da er nur noch sitzend arbeiten konnte. Am Abend ging er oft ins Wirtshaus und vertrank dort einen Teil seines Lohns. Dabei geriet er immer wieder mit den anderen in Streit und es gab auch häufiger Schlägereien. Wenn es ganz schlimm war, wurde auch mal zu Hause auf die Mutter und auf Gerda eingeschlagen. Das geschah ohne Anlass, nur weil sich in dem Mann durch den Krieg der Dämon der Gewalt eingenistet hatte. Eines Nachts kam die Polizei und teilte der Mutter mit, dass sich ihr Franz bei einer Wirtshausschlägerei an einer Tischkante das Genick gebrochen hatte. Am nächsten Morgen sagte die Mutter zu Gerda, dass der Vater nicht mehr nach Hause kommen würde, und Gerda war nicht einmal traurig darüber.

So wuchs Gerda allein mit der Mutter auf. Neben der Schule musste sie helfen, wo sie konnte. Die Mutter hatte mittlerweile eine Stellung in einem Krämerladen im Dorf bekommen. Hier wurde alles für den täglichen Bedarf verkauft, Lebensmittel, Putzmittel und sogar Sachen zum

Anziehen. Da die Arbeit eine Vertrauensstellung und die Mutter sehr zuverlässig und pünktlich war, wurden ihr vom Ladeninhaber immer mehr Aufgaben übertragen. Natürlich wurde dadurch auch die Zeit für Gerda immer weniger. Nur noch selten saßen Mutter und Tochter zusammen und spielten mit Würfeln oder Karten. Auch die Gespräche miteinander wurden weniger und mit der Zeit gingen beide ihrem Tagesablauf nach und trafen sich nur morgens und abends zu den Mahlzeiten.

Gerry erkannte jetzt ganz klar, dass dieses Kind kaum die Liebe und Aufmerksamkeit bekommen hatte, die es beim Heranwachsen so dringend gebraucht hätte. Und er wusste, dass es durch den Krieg Millionen Kindern ebenso gegangen sein musste, also einer ganzen Generation.

Gerdas Mutter war so tüchtig und fast versessen auf die Arbeit, dass sie bald den Geschäftsinhaber vertreten durfte, sich um die Einkäufe und das Lager kümmerte, die Preise kalkulierte und dazu auch noch im Laden die Kunden bediente. Wenn sie arbeitete, konnte sie das ganze Leid und Elend vergessen, das hinter ihr lag. Manchmal erinnerte sie sich wehmütig an die schöne Zeit in Gablenz, aber es gab keinen Weg mehr zurück in die alte Heimat. Sie war jetzt sehr nüchtern und hart mit sich selbst. Die Nachkriegszeit war keine Zeit für übermäßig viele Gefühle und Sentimentalitäten. Nur wenn man hart arbeitete, konnte man etwas erreichen und aufbauen. War man dazu noch sparsam und drehte jeden Groschen dreimal in der Tasche um, bevor man ihn ausgab, wurde man eines Tages mit etwas Glück dafür belohnt. Und so kam es, dass der Inhaber des Ladens aus Altersgründen verkaufen wollte und Gerdas Mutter das Geschäft übernehmen konnte. Sie wirtschaftete weiterhin sehr erfolgreich, sodass sie eines Tages ein kleines Häuschen für sich und Gerda kaufen konnte.

Als Gerda 20 Jahre alt war, starb die Mutter plötzlich und unerwartet an einem Herzschlag. Gerda übernahm das Geschäft und wohnte fortan allein im Haus. Sie hatte sich bislang nicht für Männer interessiert und ging ihnen eher aus dem Weg. Die Erfahrungen mit ihrem Vater hatten sie wohl geprägt. Aber als Heinz, der drahtige, attraktive Vertreter für Waschmittel, eines Tages im Laden stand, kam in ihr plötzlich etwas in Wallung, was sie bisher noch nie bemerkt hatte. Eigentümliche elektrische Ströme zuckten durch ihre Adern und Muskeln und sie hatte Mühe, den Körper unter Kontrolle zu halten. Der junge Mann war ein rechter Galan und hatte stets nette Komplimente für Gerda parat. Natürlich verließ er das Geschäft immer mit einem vollen Auftragsbuch. Gerda fieberte jedem monatlichen Besuch von Heinz entgegen, und so kam es, wie es kommen musste: Eines Tages verführte er sie im Lager zum Liebesspiel.

Von nun an träumte Gerda von der Ehe mit Heinz und einer großen Familie. Als sie merkte, dass unter ihrem Herzen neues Leben heran-wuchs, schienen ihre Träume wahr zu werden. Allerdings war Heinz überhaupt nicht erfreut, als sie ihm bei seinem nächsten Besuch von ihrer Schwangerschaft erzählte. Vielmehr wurde Heinz sehr böse, schlug auf Gerda ein und be-schuldigte sie, dass das Kind von jemand ande-rem sei. Das war das letzte Mal, dass Heinz in Gerdas Geschäft erschien. Gerda weinte anfangs sehr viel und die Arbeit fiel ihr schwer, aber sie wollte sich in jedem Fall um das Kind kümmern und es aufziehen. Das Thema Männer war für sie jetzt ein für alle Mal erledigt und vorbei. Wie schon ihre Mutter zuvor entwickelte Gerda jetzt eine harte Disziplin in ihrem Leben. Karin kam da schon fast so nebenbei zur Welt. Der Laden war Mittelpunkt in Gerdas Leben, die kleine Ka-rin spielte oft allein in den hinteren Räumen und nahm sich Dosen aus dem Regal, denen sie Na-men gab wie Spielkameraden oder wie Puppen. So wuchs auch Karin zwar versorgt, aber ohne eine warme und liebevolle Beziehung zu ihrer Mutter auf. Nur dass Karin nach der Schule eine Laufbahn in der Verwaltung übernahm und kein Interesse an der Fortführung des kleinen Krämerladens hatte. Mittlerweile gab es auch überall auf der grünen Wiese Gewerbegebiete mit großen Discountern und der Laden ging mehr schlecht als recht. Gerda hielt durch, bis sie fast 70 war, aber dann musste sie eine neue Hüfte bekommen und das Geschäft endgültig schließen. Was sich im Räumungsverkauf nicht abschlagen ließ, landete so im Keller ihres kleinen Häuschens und sie ging jeden Tag hinunter, um die Waren zu sichten.

Gerry hatte nun alles Wichtige aus Gerdas Leben gesehen. Er dachte bei sich, wie es Gerda ergangen wäre, hätte sie doch wenigstens den Glauben an Gott nicht verloren. Aber er erkannte auch ganz klar, dass eine Kirchenzugehörigkeit, regelmäßige Kirchgänge und religiöse Gebräuche die Menschen nur bedingt festigen, wenn nicht die Liebe zu Gott und seiner Schöpfung daraus geboren wurde. In schweren Krisen und im Kampf ums Überleben geben seelenlose Rituale und Lippenbekenntnisse keinen Halt mehr. Gerry wusste, dass es sehr viele Wiedergeburten und erneute Leben braucht, um diese Liebe zu Gott zu spüren und sich nach ihr zu sehnen.

Wenn diese Verbindung einmal in zarten Gefühlen vom Herzen aus zum Himmel gewachsen ist,
entsteht auch das Vertrauen. Man nennt es Gottvertrauen, diese unverrückbare Gewissheit, dass
immer das Richtige geschieht, dass man nie verloren geht, dass auch der Tod nur eine weitere
Entwicklungsstufe zu neuem Leben ist.

Der Sturz

Am nächsten Morgen ging Gerda nach dem Frühstück wie immer in den Keller, um die Bestände zu kontrollieren. Es war ihr zwar in den letzten zehn Jahren nie etwas abhandengekommen, aber die tägliche Inspektion ihrer Vorräte gab ihr die nötige Sicherheit, für die nächste Krise gewappnet zu sein.

Es muss die vorletzte Stufe gewesen sein, als ihr für einen kleinen Moment schwindelig wurde. Sie geriet ins Stolpern und stürzte hart auf den Kellerboden. Das hässliche Geräusch in ihrer Hüfte hörte sie nicht mehr, denn sie wurde beim Aufprall sofort ohnmächtig. Gerry hatte zwar versucht, ihr irgendwie zu helfen, aber es ging alles so schnell und der Engel hatte keine Möglichkeit, auf die Materie und die Kräfte der physischen Welt so einzuwirken wie ein Mensch. Nun saß er neben der bewusstlosen Gerda und gab ihr von seiner Engelenergie so viel wie möglich, damit ihr körpereigener feinstofflicher Energiefluss aufrechterhalten und gestärkt wurde. Gerry merkte, dass ihm seit seinem letzten Einsatz deutlich mehr Energie zur Verfügung stand, die er weitergeben konnte, und er war sehr glücklich über seine Entdeckung.

Nach einer Weile regte sich Gerda, stöhnte und schlug die Augen auf. Sie merkte gleich, dass etwas mit ihrer Hüfte passiert war. Langsam versuchte sie aufzustehen, aber es ging nicht. Das Bein hing irgendwie schräg am Becken und schien die Verbindung verloren zu haben. Offensichtlich war beim Sturz das künstliche Hüftgelenk aus der Pfanne gesprungen. Gerda schrie vor Schmerz. Sie erkannte, dass sie aus eigener Kraft nicht mehr aus dem Lagerraum im Keller herauskommen konnte. Also erst einmal ruhig werden und nachdenken. Sie musste sich bemerkbar machen, damit jemand sie finden konnte. Auf Karin konnte sie nicht zählen, die hatte ihr ja gestern Abend gesagt, dass sie jetzt nicht mehr kommen würde. Aber es gingen ja manchmal Leute am Haus vorbei, wenn sie dann rief, müsste sie doch mal jemand hören. Also horchte sie und rief laut um Hilfe, wenn sie auf der Straße ein Geräusch vernahm. Aber nichts geschah. Der Tag verging und ihre Kräfte verließen sie. Ihre Stimme wurde immer schwächer und ihr Körper verlor rapide an Energie. Auch Gerry konnte jetzt den Abbau der Energie nicht mehr stoppen, da dem Körper notwendiges Wasser fehlte und sie verständlicherweise nicht mehr über so viele Reserven verfügte wie ein junger Mensch. Mittlerweile schwankte Gerdas

Bewusstsein bedenklich und sie war einer erneuten Ohnmacht nahe. Gerry dachte schon darüber nach, ob das Ende bald bevorstehen würde und wie er Gerdas Geist beim Ausstieg aus dem Körper beistehen könnte.

Plötzlich schlug Gerda die Augen auf, sah Gerry direkt an und sagte mit fester klarer Stimme:

„Junger Mann, welch ein Segen, dass Sie gekommen sind, um mir zu helfen. Wer sind Sie?"

Gerry war zunächst völlig verblüfft. Konnte Gerda ihn sehen? Was bedeutete das? In Gedankenschnelle nahm er mit der Akasha-Chronik Verbindung auf und ließ sie Informationen über solche Vorfälle geben. Es handelte sich hier offensichtlich um ein sogenanntes Nahtod-Erlebnis. Dazu kann es manchmal kommen, wenn ein Mensch dem Tode nahe ist und schon Bilder von Personen und Szenen aus anderen Dimensionen empfangen kann. In dieser Grenzsituation verschwimmen für ihn bislang vorhandene Trennungen der unterschiedlichen Welten und er taucht für Momente in andere Wahrnehmungen ein. Vergleichbar ist das mit dem Untertauchen in einen See, wo die Sinne plötzlich ganz andere

Signale empfangen als oberhalb der Wasserober-
fläche. Gerry überlegte nicht lange, sondern trat
die Flucht nach vorne an.

„Hallo Gerda, ich bin dein Schutzengel. Mein
Name ist Gerry", sagte er.

„Junger Mann, machen Sie sich bitte nicht lus-
tig über mich, sonst werde ich ärgerlich, und ich
glaube, das möchten Sie nicht erleben. Also Jerry,
jetzt helfen Sie mir schon auf, ich möchte wieder
nach oben in die Wohnung!" Dabei klang sie
schon wieder den Umständen entsprechend re-
solut und durchaus auch fordernd.

„Tut mir leid, Gerda, es ist so, wie ich es sage.
Und mein Name ist Gerry, nicht Jerry. Ich kann
dir vielleicht helfen, aber nicht in der Weise, wie
du es gerade von mir forderst. Ich bin nicht wie
ein Mensch strukturiert, sondern mein Körper ist
feinstofflicher Natur. Sieh her", sagte Gerry.

Und er fasste Gerda am Arm, dann am Bein,
aber seine Hände gingen dabei durch sie durch,
so wie Wasser durch ein Sieb läuft. Gerda hatte
zwar gesehen, dass Gerry sie anfasste, aber
nichts gefühlt. Jetzt wurde sie wütend, weil sie
sich Hilfe erhofft hatte und erkennen musste,
dass Gerry ihr wohl nicht helfen konnte.

„Was soll das? Wenn du mein Schutzengel bist, warum hast du dann nicht auf mich aufgepasst, als ich die Treppe runtergefallen bin? Warum bist du jetzt plötzlich da, wo ich dich mein Leben lang nicht gesehen habe? Wie willst du mir denn helfen, wenn du mich nicht aufheben kannst? Das ist doch alles Quatsch, ich glaube, ich fantasiere schon", rief Gerda entrüstet.

„Bleib ganz ruhig, Gerda", sagte Gerry. „Ich versuche, dir alles zu erklären. Du kannst mich jetzt ausnahmsweise sehen und wir können miteinander reden, weil du dich an der Schwelle des Todes befindest. Wenn keine Hilfe von außen kommt, wirst du noch diese Nacht über die Schwelle gehen."

„Das kommt gar nicht infrage", sagte Gerda entrüstet, denn sie hatte für sich alle Gedanken an den eigenen Tod stets ausgeschlossen. Gerry wusste, dass viele Menschen um das Thema Tod einen großen Bogen machten, um sich vor der Konfrontation mit ihrer Urangst zu schützen. Diese Urangst ist der Glaube, nach dem Tod sei alles aus und man erlösche wie eine Kerzenflamme, die jemand auspustet. Doch das ist ein großer Irrtum, denn das Leben ist unzerstörbar. Das begreifen aber nur die, welche sich intensiv mit den großen Fragen des Lebens beschäftigen und nach Antworten suchen.

„Doch", sagte Gerry, „es liegt nicht in deiner Macht. Ich bin hier, um mit dir über dein Leben zu sprechen. Denn das wäre jetzt das Wichtigste, was du noch tun kannst, bevor du diese Welt verlässt. Da gibt es allerlei Geschehnisse anzusehen und nochmals zu überdenken."

Und Gerry zeigte Gerda jetzt die wichtigsten Begebenheiten ihres Lebens aus den Videos, die er der Akasha-Chronik entnommen hatte. Viele Erinnerungen lebten jetzt so klar und deutlich in Gerda auf, als fänden die Ereignisse in diesem Moment statt.

Dabei stürmten die unterschiedlichsten Gefühle auf sie ein. Mal musste sie lachen, aber meistens weinte sie. Sie sah sich selbst als Kind, fühlte das Fehlen der elterlichen Liebe und Wärme und sie erkannte, dass sie ein ähnliches Leben wie ihre Mutter geführt hatte. Jetzt musste sie auch fühlen, wie Karin sich als Kind gefühlt hatte ohne die Liebe und Wärme der Mutter und ohne einen Vater. Mehr und mehr wuchs in ihr eine tiefe Liebe zu Karin, die sich immer um ihre Mutter bemüht hatte, sie aber nicht erreichen konnte. Heftige Reue schüttelte sie und Ströme von Tränen ergossen sich über ihr gegerbtes Gesicht. Ach, könnte sie noch einmal mit Karin reden und sie streicheln.

„Was habe ich alles falsch gemacht", sagte Gerda. „Ich habe mich immer mehr verschlossen und alle Welt für mein hartes Leben verantwortlich gemacht. Deshalb habe ich mich so abweisend gegen alle verhalten und viele vor den Kopf gestoßen, die mir ihre Zuneigung angeboten haben. Was habe ich da nur für ein Leben geführt? Zu was war das gut? War das nicht alles umsonst und vertane Zeit?", fragte Gerda.

„Nein", erwiderte Gerry sanft. „Ein Menschenleben ist wie ein Schuljahr. Da gibt es welche, die einigermaßen glatt laufen und andere, die nur mit äußerster Mühe und Kraftanstrengung bewältigt werden können. Und dieses dein Leben, wie es dir jetzt in kurzen Episoden gezeigt wurde, hast du trotz aller Widrigkeiten gut gemeistert."

„Aber warum ist das so?", fragte Gerda. „Warum war dieses Leben so und nicht leichter? Warum war es ein so liebloses und beschwerliches Leben?"

„Das ist so", antwortete Gerry, „weil jeder Mensch ganz individuell sein Leben lebt. So wie jedes Kind das Schuljahr in seiner Art durchläuft und für die nächste Klasse lernt. Denn es folgen weitere Klassen, so wie man sich auch schon vorher auf diese Klasse vorbereitet hatte. Und die

Art und Weise, wie ein nächstes Leben werden kann, wird schon im vorher gehenden Leben in seinen Grundzügen angelegt."

„Heißt das, dass ich ein übler Mensch in meinem letzten Leben gewesen bin und das nun in diesem Leben büßen musste?", fragte Gerda sichtlich betroffen.

„Nun, so einfach ist das nicht", sagte Gerry. „Die göttliche Gnade hat die Gesamtheit der Schöpfung so perfekt geknüpft, dass alles allem dient und trotzdem jedes Wesen seinen eigenen Willen und auch seinen eigenen Weg hat. Ziel all unseres Strebens ist Gott. Aber auf dem Weg zu Ihm gibt es allerlei Möglichkeiten, zu straucheln, zu fallen und sich wehzutun. Dennoch stehen wir immer wieder auf und gehen weiter. Wenn man an einer Weggabelung mal einen falschen Abzweig nimmt, besteht jederzeit die Möglichkeit, wieder auf den richtigen Pfad zurück zu gelangen. Der größere Teil des Lebens und Lernens spielt sich nicht hier auf der Erde ab, sondern in einer jenseitigen Welt, die viele Menschen leider vehement leugnen. Insgesamt nimmt das viele Zeitalter in Anspruch, denn es gibt Unendliches zu entdecken und zu lernen. Und was man nicht in diesem Leben lernt, kommt im nächsten oder übernächsten wieder auf den Stundenplan, so wie in der Schule.

In deinem Fall nun war es so, dass du das letzte Mal vor ungefähr 150 Jahren gelebt hast. Du hast in vermögenden Verhältnissen gelebt, aber für deine Mitmenschen, die in Not waren, kein Herz gehabt. Trotzdem hast du auch in jenem Leben die Dinge gelernt, die du dir dafür vorgenommen hast. Ja, du hast richtig gehört. Die individuelle Wesenheit, die Ihr Seele nennt, das Unsterbliche in der feinstofflichen Struktur, entscheidet selbst, welche Lektionen sie im nächsten körperlichen Leben lernen möchte. So ist es auch bei dir gewesen. Nachdem du das letzte Leben beendet hast, wurde dir der Film deines damaligen Lebens gezeigt. Als Geistwesen konntest du genau erkennen, was gut und was schlecht gelaufen war in jenem Leben. Nachdem du über dich selbst und dein Handeln nach den Schöpfungsgesetzen geurteilt hast, durftest du eine längere Zeit der Ruhe und Integration in der feinstofflichen Welt verbringen. Dann kam irgendwann der Zeitpunkt, als in dir der Wunsch reifte, erneut einen Körper auf der Erde anzunehmen und man hat dir einige Angebote gemacht, wie dein Leben verlaufen könnte. Du hast dich damals für dieses Leben entschieden, und du hast meinen ausdrücklichen Respekt dafür. Ich gratuliere dir, denn du hast es bis hierhin sehr gut gemacht. Dass du Karin nicht mehr

Liebe gegeben hast, lag sicher auch ein Stück weit darin begründet, dass du es nicht konntest, weil auch du von deiner Mutter diese Liebe nicht erhalten hast. Wie du siehst, ist es ganz wichtig, die Zusammenhänge zu erkennen und sich auch um die Fragen von Leben und Tod zu kümmern, denn die Antworten liegen hier verborgen."

Gerda war ganz still geworden und hatte Gerry ergriffen gelauscht. Noch nie hatte jemand in dieser Weise zu ihr gesprochen. Jetzt war sie davon überzeugt, dass Gerry ein Engel sein musste. Wer sonst hätte so viel über den Sinn des Lebens und die tieferen Zusammenhänge wissen können. Sie bereute jetzt, dass sie sich nie für Gott und das Jenseits interessiert hatte. Sie erkannte, dass man das Diesseits nicht vom Jenseits trennen konnte, sondern alles miteinander verwoben war, und zwar in einer wunderbaren Weise.
Sie schloss die Augen und fiel in eine tiefe Ohnmacht.

Ein Neuanfang

„Mutter", hörte Gerry oben jemand rufen, „Mutter!"

Karin kam die Treppe herunter und sah Gerda auf dem Boden liegen.

„Um Gottes willen, Mutter", rief Karin. „Was ist passiert?"

Gerda regte sich nicht mehr. Karin sah das seltsam abstehende Bein und die Platzwunde am Kopf. Hektisch griff sie zu ihrem Handy und wählte den Notruf.

Nach wenigen Minuten kamen die Sanitäter und der Notarzt. Der Arzt legte einen Zugang und gab sofort die übliche Ringerlösung. Zusätzlich zog er eine Spritze mit einem Kreislauf- und einem Schmerzmittel auf. Vorsichtig wurde Gerda auf die Trage gelagert und über die Treppe hinaus in den Krankenwagen gebracht. Auf der Fahrt zum Krankenhaus saß Karin neben ihrer Mutter und streichelte ihre Wange. Ihr liefen ein paar Tränen über das Gesicht und sie war froh, dass sie entgegen ihrer Ankündigung von gestern doch noch mal bei ihrer Mutter vorbeigeschaut hatte. Sie hätte sich das nie verziehen, wenn ihre Mutter dort allein im Keller in der Nacht gestorben wäre. Aber auch jetzt war ihr

Zustand ja bedenklich und sie musste sofort in die Klinik. Natürlich war auch Gerry mitgefahren, aber er wurde ja von Karin nicht wahrgenommen.

Im Krankenhaus kam Gerda direkt zum Röntgen.

Karin musste draußen warten. Gerry hatte sich neben sie gesetzt und verströmte seine Engelenergie, um Karin wenigstens innerlich etwas zu stabilisieren und zu beruhigen. Das gelang ihm auch ganz gut.

Nach einer für Karin gefühlten Ewigkeit kam endlich ein Arzt und berichtete, dass der Eingriff gut verlaufen sei und man das Hüftgelenk ohne erneuten Ersatz wieder in die Pfanne einsetzen konnte. Er meinte, ihre Mutter werde bald wieder aus der Narkose aufwachen und es wäre gut, wenn sie dann bei ihr am Bett sitzen könnte.

Als Gerda wenig später die Augen aufschlug, hielt Karin ihre Hand und schaute sie mitfühlend an. Sie streichelte ihrer Mutter die Wange und einige Tränen der Freude liefen ihre Wangen hinunter.

„Mutter", hauchte sie, „wie froh bin ich, dass das so grade noch mal gut gegangen ist."

„Karin", sagte Gerda mit schwacher Stimme, „liebstes Kind, es tut mir alles so leid. Ich danke dir von ganzem Herzen, dass du hier bist. Was ist denn passiert?" Sie konnte sich wegen der Ohnmacht nämlich nicht mehr an den Sturz erinnern.

„Als ich kam", berichtete Karin, „lagst du bewusstlos im Keller. Ich habe gleich die Rettung gerufen und die haben dich dann hierhergebracht. Du hattest die Hüfte ausgerenkt, aber das haben die Ärzte hier wunderbar wieder hingekriegt. Jetzt musst du dich hier eine Zeit lang ausruhen und neue Kräfte sammeln."

„Mein liebes Kind", sagte Gerda, „es tut mir so leid, dass wir so gestritten haben. Ich verstehe jetzt viele Dinge besser und wir werden bald über einen Platz in einem Seniorenwohnheim reden. Als Erstes möchte ich mich aber von ganzem Herzen für meine Lieblosigkeit und Härte über all die Jahre bei dir entschuldigen. Ich bitte dich ganz herzlich um Verzeihung dafür, willst du mir vergeben?"

Karin war nun völlig überrascht. So hatte sie ihre Mutter noch nie reden hören. War bei dem Treppensturz etwas in ihrem Kopf durcheinandergeraten?

„Aber natürlich verzeihe ich dir", sagte Karin, „von Herzen gern. Wo kommt denn dein plötzlicher Gesinnungswandel her?"

„Er hat mir geholfen", sagte Gerda und blickte auf den leeren Stuhl in der Ecke des Krankenzimmers. Sie lächelte Gerry dankbar an und er lächelte zurück.

„Wen meinst du?", fragte Karin irritiert und folgte Mutters Blick zum leeren Stuhl. „Da ist doch keiner." Jetzt machte sie sich doch Sorgen um den Geisteszustand ihrer Mutter und nahm sich vor, in der Klinik nach einem Neurologen zu fragen.

„Es ist Gerry, mein Schutzengel", sagte Gerda mit warmer Stimme. „Er hat mir Einblick verschafft in die Geheimnisse des Lebens, als ich hilflos im Keller lag. Du kannst es mir glauben oder es lassen, aber dieses Erlebnis hat mich in meinem Alter nochmals sehr zum Nachdenken gebracht und ich glaube, ich werde ab heute einige Dinge an mir und meinem Leben ändern."

Karin hielt es für besser, jetzt den Mund zu halten. Sie wollte sich nicht wieder mit Gerda streiten. Ab und zu warf sie einen ungläubigen Blick auf den leeren Stuhl und konnte sich nicht wirklich dagegen wehren, dass ihr ein bisschen unheimlich wurde.

Gerda hatte die Augen geschlossen und sah wieder die Bilder von den wunderschönen Landschaften in der jenseitigen Welt, die sie wahrgenommen hatte, als sie auf der Schwelle des Todes stand. Vor allem dieses Licht, das dort schien, hatte ihr Herz berührt. Und dann diese herrlichen Klänge, sie meinte, es wären auch Chöre von Engeln dabei gewesen.

Als Gerda nach einiger Zeit wieder die Augen öffnete, war der Stuhl unbesetzt.

„Gerry?", fragte sie und blickte sich im Krankenzimmer um.

Gerry, der nach wie vor auf dem Stuhl saß, wusste, dass Gerda nun wieder voll und ganz in die physische Welt zurückgekehrt war und ihr Bewusstsein keine Bilder von ihm mehr empfangen konnte. Damit war klar, dass jetzt Mutter und Tochter wieder allein am Ausbau ihrer Beziehung arbeiten sollten und seine Aufgabe hiermit erledigt war.

Die Bestätigung seiner Gedanken folgte umgehend, als im nächsten Moment Baldo neben ihm stand.

Kapitel 3 – Eddi

Ein weiterer Auftrag

Gerry war glücklich, sich wieder in seinem gemütlichen Häuschen, dem schönen Garten mit
der herrlichen Aussicht auf die fernen Berge und
im Glanz des göttlichen Lichtes, das hier in dieser Sphäre in solch intensiven Farben leuchtete,
erholen und besinnen zu dürfen. Er liebte es, für
die Menschen da zu sein, und war dankbar, vom
Hohen Rat und seinem Lehrer Leonhard diese
wichtige Aufgabe erhalten zu haben. Gott dort
zu dienen, wo man ihn hingestellt hatte, war ihm
selbstverständlich und er empfand eine große
Freude daran, die Vielschichtigkeit des menschlichen Lebens hautnah zu erfahren. Wenn er die
Menschen durch ihre heftigen Krisen begleitete,
konnte er für sich selbst ebenfalls neue Erkennt-
nisse erzielen und an seiner Aufgabe weiter-
wachsen. Das erfüllte ihn mit Dankbarkeit und
Liebe zur Schöpfung und zu Gott.

Als Baldo unversehens neben ihm stand,
wusste er, dass es neue Arbeit gab.

Wenige Augenblicke später standen sie unter
einer Brücke, die über einen Fluss führte. Vor

ihnen breitete sich auf den ersten Blick eine Müll-
halde aus. Bei genauerem Hinsehen lagen und
saßen da Menschen, eingepackt in Schlafsäcke
und Decken. Manche schauten aus Pappkartons
heraus, während andere kaum Gesichter zu haben schienen. Die Septembernächte waren jetzt
schon recht kühl und die Obdachlosen, um die
es sich hier handelte, versuchten sich über Nacht
mit allem gegen die Kälte zu schützen, dessen sie
habhaft werden konnten. So hatten viele ihre
Mützen so tief ins Gesicht gezogen, dass man
kaum erkennen konnte, ob sie Männlein oder
Weiblein waren. Untereinander hielten die Leute
genügend Abstand, denn man traute sich gegenseitig nicht. Wie oft wurde über Nacht etwas ge-
stohlen von dem Wenigen, das man hatte. Und
weil der Alkohol die Sinne vernebelte, fiel es erst
am nächsten Morgen auf. Aber da war es zu spät
und man konnte natürlich keinem mehr etwas
nachweisen.

Baldo und Gerry standen vor einem Mann,
der wohl schon einmal bessere Zeiten erlebt haben musste, denn er war noch nicht ganz so ver-
wahrlost wie die anderen.

„Das ist Eddi, auch Graf Protz genannt", sagte
Baldo und war im nächsten Moment verschwunden.

Gerry dachte bei sich, woher dieser Baldo eigentlich das Mitleid nahm, das bei der Vorstellung der neuen Schützlinge über seine Miene glitt. Es erinnerte ihn an manche Taxifahrer, die auch nach kurzer Fahrt, einem knappen Blick in den Rückspiegel und einiger aufgefangener Wortfetzen glaubten, das ganze Leben ihres Fahrgastes zu kennen. Aber Gerry wusste, dass es ihm nicht zustand, über Baldo zu urteilen.

Gerry machte sich zuerst einmal ein Bild der Lage. Eddi hob sich allein schon durch seine Kleidung von den anderen Kumpanen ab. Der Armani-Anzug war mittlerweile schon reichlich verknittert, aber noch als solcher zu erkennen. Auch den Budapester Schuhen sah man ihre schiere Unverwüstlichkeit an. Der Cashmere-Mantel war zwar schon recht schmutzig, aber immer noch in Form. Alles in allem saß hier ein Mann, der durchaus wohlhabend gewesen sein musste, und das konnte nicht allzu lange her sein. Trotzdem war er hier gelandet und Gerry war gespannt, mehr über Eddi zu erfahren. Mittlerweile war es für Gerry schon Routine, sich mit der Akasha-Chronik zu verbinden und alle benötigten Informationen aus dem Leben seines neuen Schützlings herunterzuladen und sich in Videos zeigen zu lassen. Das war auch deshalb wichtig, weil der bisherige Schutzengel schon abgezogen worden war und eine andere Aufgabe übernommen hatte.

Graf Protz

Eduard von Hochstetten wurde 1970 in eine alte, bekannte Kaufmannsfamilie geboren. Die Familie führte seit Generationen ein Handelskontor, mit dem sie sehr erfolgreich Im- und Export von Waren aller Art betrieb, auch ein Großhandel gehörte dazu. Den Adelsstand hatten die Vorfahren schon im 17. Jahrhundert niedergelegt, um kaufmännisch tätig sein zu können. Seinerzeit war der Handel dem deutschen Adel nämlich verboten. Dennoch behielt die Familie von Hochstetten den traditionellen Namen bei, der ihr bei ihren Geschäften nie geschadet hatte.

Eduard wurde von seinen Eltern abgöttisch geliebt. Sie nannten ihn Eddi und ließen ihm schon als Kind fast alle Flausen durchgehen, denn er war ihr einziges Kind und wurde gehätschelt und getätschelt. Dabei war Eddi durchaus begabt. Er lernte schnell und war in der Schule immer einer der Besten. Doch schon hier benahm er sich sehr elitär und kehrte den Sohn aus gutem Haus heraus. Er ließ seine Mitschüler wissen, dass seine Eltern betucht waren und er sich viele

Dinge leisten konnte, die sie sich nur erträumten. Da er auch noch gegenüber den Lehrern stets darauf Wert legte, dass er mit Herr von Hochstetten angeredet wurde, erhielt er von seinen Klassenkameraden den Spitznamen Graf Protz. Das Abitur schaffte er mit Bestnoten und bekam sofort einen Studienplatz für Wirtschaftswissenschaften an einer der bekanntesten Universitäten des Landes. Überhaupt schien alles, was Eddi anfasste, zu gelingen. Seine Eltern waren sehr stolz auf ihn und unterstützten ihn in allem, vor allem finanziell. Seit er den Führerschein hatte, fuhr er teure Sportwagen und war auch sonst kein Kind von Traurigkeit. Sex, Drugs und Rock´n´Roll waren Teil seines Lebensstils. Die Mädchen waren mehr Schmuck und Zierde für sein Ego als ernsthafte Beziehungen und er wechselte die Freundinnen häufig. Dabei waren ihm ihre Gefühle ziemlich egal, sein Vergnügen war das Wichtigste. Eddi umgab sich am liebsten mit sogenannten Freunden aus der noblen Gesellschaft. An seinen Kommilitonen, die aus einfacheren Verhältnissen stammten, hatte er kein Interesse. Wenn ihn mal jemand beim Studium um Hilfe bat, weil er gewissen Lehrstufen nicht so schnell folgen konnte, riet Eddi ihm, sich doch etwas mehr anzustrengen oder jemand anderen zu fragen. Er jedenfalls hatte keine Zeit und keine Lust, sich um die Probleme anderer zu kümmern.

Nach dem Abschluss des Studiums schickte sein Vater Eddi für zwei Jahre nach England, um dort bei einem befreundeten Kontor zu volontieren. Die Gesellschaft der jungen Londoner Elitesprösslinge verfestigte seine Meinung, etwas Besonderes zu sein und daraus auch den Anspruch ableiten zu dürfen, stets auf der Sonnenseite des Lebens zu stehen. Die Zeit verging im Saus und Braus der feinen Gesellschaft schnell und Eddi war zur Überzeugung gelangt, nun genug über die Führung eines Handelskontors zu wissen. Und so brauchte sein Vater ihn nach seiner Rückkehr aus London nicht besonders zu bitten, in die Familienfirma einzutreten.

Kurze Zeit später lernte er auf einer Einladung einer befreundeten Unternehmerfamilie Victoria kennen. Die beiden verstanden sich auf Anhieb und es entwickelten sich zarte Bande zwischen ihnen. Eddi hatte noch nie so etwas für ein Mädchen empfunden wie für Victoria und er bemerkte nicht, wie interessiert sie an seiner Firma, der Villa und den Vermögensverhältnissen war. Als sie schließlich schwanger wurde und mit großem Glanz geheiratet wurde, war sein Glück perfekt. Die Geburt von Robert war für seine Eltern das Geschenk. Sie sahen schon den Stammhalter und die Zukunft des Hauses von Hochstetten in der nächsten Generation gesichert.

Eddi ging derweil mit voller Energie an die Arbeit. Er betrachtete die Firma an vielen Stellen als antiquiert und nicht mehr zeitgemäß, obwohl die Zahlen durchaus positiv waren. Sein Vater zog sich immer weiter aus dem operativen Geschäft zurück und ließ Eddi überwiegend freie Hand. Dieser versuchte mit immer härteren Methoden, aus den Lieferanten Rabatte und niedrigere Preise herauszupressen, während er die Verkaufspreise deutlich anhob. Die Warnungen der alten und verdienten Mitarbeiter schlug er in den Wind und ekelte sie teilweise aus der Firma, wenn sie ihm zu lästig wurden. Dabei war es ihm ziemlich egal, was aus den Leuten wurde, die der Firma fast ein ganzes Arbeitsleben lang gedient hatten. Sollten sie doch sehen, wie sie zurechtkamen. Er konnte sich nicht um alle kümmern. Stattdessen nahm er überall Änderungen vor, es wurden neue Schreibtische angeschafft, neue Büroschränke und neue Lieferautos, so als wollte er die Firma dergestalt verändern, dass nichts mehr an die Tradition der Vorväter erinnern würde. Bei der Wahl der neuen Mitarbeiter verließ er sich auf deren eigene Einschätzung ihrer Fähigkeiten und musste später häufig erkennen, dass er sich hatte täuschen lassen.

Schon in England hatte Eddi das Ritual geliebt, sich an der Hausbar und im Kontor zur rechten Zeit einen Drink zu machen. Ob im Büro, im vornehmen Klub oder dem heimischen Wohnzimmer, überall stand ein Sortiment geschliffener Karaffen mit Brandys, Whiskey oder Likör nebst feinen Gläsern bereit, und Eddi fing manchmal schon vormittags an, sich dort zu bedienen. Mit der Zeit wurde dies zur Gewohnheit und ging lautlos schleichend in eine Abhängigkeit über, die zu täglichem Konsum führte.

Währenddessen wuchs Robert heran und Victoria ging mehr und mehr ihre eigenen Wege. Sie hatte sich einen kleinen Freundeskreis aufgebaut, unabhängig von der höheren Gesellschaftsschicht der Stadt, und bildete sich nach ihren Interessen weiter. Man wohnte zwar zusammen in der Villa, aber sie ging den Schwiegereltern am liebsten aus dem Weg. Sie ließ ihnen Robert als stundenweise Gesellschaft und hatte damit ihre Ruhe. Mit zunehmendem Alter nahm aber auch bei Robert das Interesse an den Großeltern ab.

Eines Abends kam der Vater nicht zum Abendessen. Er musste noch in der Firma sein.

Ab und zu nahm er sich doch ein wenig Zeit, um in die Bücher zu schauen. Als Eddi auf Drängen seiner Mutter noch einmal in die Stadt fuhr und in der Firma nach seinem Vater suchte, fand er ihn leblos am Schreibtisch über den Büchern des Kontors. Ob ihn beim Studium der Zahlen oder aus einer gesundheitlichen Vorgeschichte der Herzschlag getroffen hatte, konnte der Notarzt nicht feststellen. Das verlangte auch niemand von ihm, und was er sich dachte, sagte er keinem.

So erbte Eddi die Firma, während seine Mutter die Villa erhielt. Viel Freude hatte sie allerdings nicht mehr daran, denn ein knappes Jahr später wurde sie nach einem Schlaganfall ein Pflegefall und Eddi verschaffte ihr einen Platz im Heim. Er kaufte ihr die Villa günstig ab mit der Begründung, damit ihren Platz in der Senioren-Residenz zu finanzieren. Fortan lebte er mit Victoria und Robert allein in der Villa und ließ es dort gehörig krachen. Die Partys bei den von Hochstetten waren immer einen Bericht und ein paar Promibilder im Boulevardblatt der Stadt wert. Derweil wuchsen die Bankschulden der Firma immer weiter, während die Gehälter der Mitarbeiter stagnierten. Eddi stand vor der Belegschaft und forderte sie zum Verzicht auf, weil die Zeiten so schwierig seien und deshalb das

Urlaubs- und Weihnachtsgeld gestrichen werden müsse. Für die schlechten Zahlen waren in seinen Augen viele Faktoren verantwortlich, aber über eigene Fehler nachzudenken kam Eddi nicht in den Sinn. Als es dem Kontor immer schlechter ging, konnte Victoria ihn davon überzeugen, dass es doch das Beste sei, ihr die Villa zum Eigentum zu übertragen, damit diese in der Familie bliebe, falls es zum Schlimmsten käme.

Eines Tages kam der Zeitpunkt, als das sinkende Schiff nicht mehr gerettet werden konnte, weil die Bank den Hahn zudrehte. Die Firma musste schließen und wurde von fremden Händen liquidiert, um wenigstens einen Bruchteil zur Befriedigung der Schulden zu erzielen. Victoria reichte umgehend die Scheidung ein. Wenig später setzte sie dann Eddi vor die Tür, weil ihr neuer Freund mit ihr in die Villa ziehen wollte. Und so endete Eddi schließlich mittellos unter der Brücke. Statt der edlen Tropfen aus der Hausbar konsumierte er jetzt billigen Fusel aus der Flasche. Er trank, was er in die Finger bekam. Das Geld bettelte er sich mit dem Pappbecher einer Fast-Food-Kette in der Fußgängerzone zusammen. Trotz seiner elenden Lage war er sich aber seiner erhöhten Position in der Gemeinschaft der Obdachlosen sicher und hielt den anderen Vorträge über sein großes Können und seine wirtschaftlichen Fähigkeiten, die niemand richtig erkannt und gewürdigt hätte. Seine Firma sei an den Fehlern von unfähigen Mitarbeitern, unwissenden Steuer- und Unternehmensberatern sowie gierigen Bankern, die ihn bis aufs Blut ausgesaugt hatten, zerbrochen. So glaubte er jedenfalls.

Ab und zu kam Robert, sein Sohn, vorbei und brachte dem Vater einen Kaffee und einen Burger mit Pommes aus dem nahe gelegenen Imbiss, aber Eddi scheuchte ihn meist weg mit dem Hinweis, dass er nicht auf seine Almosen angewiesen sei.

Gerry hatte genug gesehen, um sich ein Bild von Eduard von Hochstetten zu verschaffen, den manche auch Graf Protz nannten.

Der Angriff

Eddi pellte sich aus den dreckigen Decken und griff gleich nach der Schnapsflasche, die aber leer war.

„Eh", blaffte er in die Runde, „wer hat sich an meiner Pulle vergriffen?"

Natürlich bekam er keine Antwort, denn die anderen machten sich auf den Weg in die Fußgängerzone, um sich ein kleines Frühstück und einen Becher Kaffee zu erbetteln. Eddi war von gestern noch etwas nebelig im Kopf. Entweder war der Fusel schlecht oder er hatte wirklich etwas zu viel erwischt. Jedenfalls brauchte er eine Weile, um sich aufzurappeln.

Die anderen waren schon außer Sichtweite, als plötzlich drei Kerle vor ihm standen. Schwarze Klamotten, Lederkutten, Tattoos und Springerstiefel – dazu Glatzen. Eddi hatte keinerlei Lust auf solche Gesellschaft und wollte einfach seines Weges gehen.

„He Alter", sagte der eine in bedrohlich leisem Ton, „was bist du denn für eine Stinkwanze. Solcher Abschaum wie du sollte dringend von Deutschlands Straßen gefegt werden. Wir machen jetzt erst einmal eine Taschenpfändung bei dir."

Während seine Kumpane Eddi festhielten, durchsuchte der Kerl seine Kleidung nach Geld. Da konnte er lange suchen, denn Eddi war völlig blank. Aber dem finsteren Gesellen entging der Siegelring an Eddis Hand nicht, das Einzige, das Eddi noch aus der guten alten Zeit gerettet hatte.

„Was haben wir denn da?", rief der Anführer und versuchte, den Ring von Eddis Hand abzuziehen.

„Bitte nicht den Ring", rief Eddi, „das ist ein Familienerbstück und für euch nichts wert." Er wehrte sich nach Kräften und wand sich in der Umklammerung der Männer. Plötzlich hörte er ein metallisch schnappendes Geräusch, sah etwas blitzen und bekam einen heftigen Schlag in den Bauch. Im gleichen Moment sackten ihm die Beine weg. Er fühlte noch, wie er auf dem Boden aufschlug und ihm der Ring vom Finger abgenommen wurde. Dann hörte er die Schritte der Kerle, die wegliefen. Langsam wurde es dunkel um ihn.

Gerry hatte das Geschehen aus nächster Nähe beobachten müssen, ohne eingreifen zu können. Er musste lernen, dass den Menschen furchtbare Dinge zustoßen können, die auf seltsame Weise von höheren Kräften gelenkt werden und die nicht von den Schutzengeln verhindert werden können. Es gibt in der Schöpfung Prozesse, die auf der perfekten Ordnung und dem Zusammenspiel der interdisziplinären Abhängigkeiten beruhen. Diese Prozesse sind manchmal auf den ersten Blick unverständlich und können selbst von den Engeln nicht sofort durchschaut werden. Die Engel sind dabei auf ihr Gottvertrauen angewiesen und haben die Gewissheit, dass alles, was geschieht, einer Entwicklung des Ganzen dient. So nennen die Menschen viele Geschehnisse Un-fall und schreiben sie dem Zu-fall zu, dabei wird das Wirken und Werken im großen Ganzen des Universums in den seltensten Fällen erkannt.

Eine Joggerin hatte den Vorfall aus einiger Entfernung beobachtet und rief sofort den Notarzt, als sie näherkam und Eddi in seinem Blut liegen sah.

Eddi stand neben Gerry und beide blickten auf den Mann, der da auf der Straße lag und dem das Blut aus dem Bauch lief. „Ups", sagte Eddi, „den hat es erwischt."

Gerry erkannte, dass Eddi im Schock war und sich vom physischen Körper schon etwas abgelöst hatte. Eddi erkannte nicht, dass es sein Körper war, der dort lag. Gerry legte seinen Arm um

Eddis Schultern und sagte: „Es ist noch nicht zu spät, vielleicht kann ihm geholfen werden."

Tatsächlich hörten sie die Sirenen und als der Notarzt eintraf, lief alles sehr schnell und routiniert ab. Der Notarzt und die Sanitäter versorgten die Wunde, damit der Blutfluss zum Stehen kam, sie gaben die notwendigen Medikamente und informierten die nächste Klinik, dass sie in Kürze einen Notfall zur OP einliefern würden. Gerry sagte zu Eddi: „Komm, lass uns mitfahren." Und sie stiegen beide zu dem leblos wirkenden Körper in das Rettungsfahrzeug. Eddi war still und schaute den Mann auf der Krankenbahre an, während die wilde Fahrt mit Blaulicht und Sirene durch die Stadt zum Krankenhaus führte. Irgendwie kam ihm der Mann bekannt vor, aber er konnte sich nicht erinnern, wo er ihm begegnet war.

Im Krankenhaus kam Eddis materieller Körper gleich in den ersten freien Operationssaal und die Chirurgen fingen sofort mit der Behandlung an. Eddi und Gerry standen dabei und schauten zu. Als eine Schwester den Armani-Anzug und das teure Hemd mit einer Schere aufschnitt, kam in Eddis Geistkörper so etwas wie Bewegung.

„He, mein guter Anzug, was macht die denn da?", sagte er empört. Er versuchte, der Schwester in den Arm zu fallen, aber er fasste durch sie durch. Auch schien die Schwester ihn überhaupt nicht zu hören und zu sehen. Außerdem wurde ihm langsam klar, dass der leblose Körper da auf dem OP-Tisch offensichtlich seiner war. Jetzt war seine Verwirrung komplett.

„Wenn ich das richtig sehe, hat das Messer die Milz knapp verfehlt", sagte der Chirurg gerade, „vielleicht haben wir ja Glück und er kommt noch mal davon, wir müssen jetzt in jedem Fall schnell operieren."Gerry hatte genau beobachtet, was in Eddi vorging. Schnell zog er ihn auf die Seite und setzte ihn auf einen Stuhl, der dort vor einem Schreibtisch stand.„Wir können hier im Moment nichts tun", sagte Gerry zu Eddi.

Eddi sah Gerry an und fragte sich, was hier los ist. Er hatte keine Schmerzen, war wach und munter und lag da auf dem OP-Tisch in Narkose oder im Koma, und das irgendwie gleichzeitig? „Bin ich tot?", fragte Eddi. Gerry konnte die Unsicherheit fühlen, die in Eddi aufstieg. Deshalb wollte er ihm zunächst nur eine kurze Erklärung geben, damit er ruhig wurde.

„Nein, du bist noch nicht tot. Aber du bist auf der Schwelle zum Tod. Ich erkläre dir das in

Ruhe. Komm mit, wir gehen in einen anderen Raum, wo wir ungestört sind."

Gerry zog Eddi mit sich und ging mit ihm in einen Raum am Ende des Flurs, wo Kittel, Wäsche und OP-Utensilien gelagert waren. Hier standen auch zwei alte Hocker, auf die sie sich setzen konnten.

Verantwortung

Eddi war jetzt nicht mehr so benommen und konnte wieder etwas klarer denken. Er sah Gerry an und sagte: „Komisch, dass du mich sehen und mit mir reden kannst. Wer bist du? Ich habe dich noch nie gesehen? Arbeitest du hier?"

„Nein", sagte Gerry, „ich bin dein Schutzengel, ich heiße Gerry. Du bist von drei Kerlen überfallen worden und der eine hat dir sein Messer in den Bauch gerammt. Erinnerst du dich?"

„Jetzt, da du es sagst", erwiderte Eddi, „langsam kommt alles wieder." Eddi schüttelte den Kopf. „Warum musste mir das passieren? Ich habe denen doch gar nichts getan. Wie ungerecht ist diese Welt. Das habe ich nicht verdient. Hoffentlich werden die Typen gefasst und erhalten ihre gerechte Strafe."

„Siehst du, lieber Eddi, und dafür bin ich jetzt hier", sagte Gerry. „Wir werden gemeinsam über vielerlei Regeln des Lebens nachdenken und ich werde dir dabei helfen, Rückschlüsse zu ziehen auf dein eigenes Leben. Dieses hat dich nämlich bis zu dem Punkt der Eskalation unter der Brücke geführt. Und dafür kannst du niemandem die Schuld geben. Es lag nämlich in deinem Leben immer alles in deiner eigenen Verantwortung."

„So redet man nicht mit mir. Weißt du überhaupt, wer ich bin?", rief Eddi empört. „Ich bin Eduard von Hochstetten und ich verbitte mir deinen Ton."

„Ach ja,", sagte Gerry ganz ruhig. „Und du hast auch nicht verstanden, wer ich bin, nicht wahr? Du hast auch noch nicht erkannt, in welcher Situation du dich gerade befindest, oder? Glaubst du, dass irgendein Mensch jetzt noch von dir beeindruckt wäre? Abgesehen davon, dass dich kein Sterblicher jetzt mehr wahrnehmen kann. Hast du denn nicht bemerkt, dass ich der Einzige bin, der dich noch hört und sieht und mit dem du reden kannst? Was bildest du dir denn jetzt noch auf deine Herkunft ein? Was hast du denn in deinem Leben geleistet, was hast du zum Allgemeinwohl beigetragen und wie hast du dem Ganzen gedient? Dienen war für dich doch ein Fremdwort, das nur für andere galt, die dir zuarbeiten durften. Du hast bis hierher nicht verstanden, was dienen überhaupt bedeutet und dass es für jeden Menschen eine heilige und vor allem heilsbringende Aufgabe ist, dem Alles-was-Ist zu dienen. Die Ärzte dort drüben im OP, die jetzt um dein Leben kämpfen, sie schulden dir nichts. Sie tun trotzdem alles für dich, weil sie einmal geschworen haben, den Menschen zu helfen und damit der Gesellschaft sinnvoll zu dienen."

Gerry ging nicht gerade zimperlich mit Eddi um, aber es war an der Zeit, dass dieser Mensch endlich Klarheit über sich selbst erhielt.

„Und du bist wirklich mein Schutzengel?", fragte Eddi ungläubig und jetzt schon etwas kleinlauter.

„Glaube mir", erwiderte Gerry, „in der Situation, in der du dich gerade befindest, bin ich deine einzige Chance. Ich komme im Dienst einer Macht, die weitaus größer ist als ich und deren Werkzeug ich bin. Dein Leben lang hast du diese Macht geleugnet, weil du ihre Zeichen nicht gesehen hast und auch nicht nach ihr gesucht hast. Stattdessen hast du dein Leben vergeudet im Glauben, die Welt gehöre dir und du könntest alles von ihr nehmen, was dir gefällt. Das hast du so lange getrieben, bis dir alles zwischen den Fingern zerronnen ist und du letztendlich unter der Brücke gelandet bist."

Jetzt war Eddi still geworden. Die Ansprache des Engels hatte ihn doch beeindruckt. So klar und direkt hatte seit Langem niemand mehr mit ihm geredet. Er spürte auch die Macht, die von Gerry ausging und traute sich nicht, noch etwas zu sagen. Was war hier bloß los?

„Ich möchte dir jetzt wichtige Passagen aus deinem Leben zeigen", sagte Gerry, und schon waren sie in der ersten relevanten Szene. Gerry hatte die Darstellung der Abläufe aus der Akasha-Chronik jetzt so verfeinern können, dass sie beide wie auf einer Bühne als unsichtbare Statisten leibhaftige Zeugen des Geschehens sein konnten. Praktisch mitten in Eddis Leben schauten sie live zu, was geschah und wie Eddi agierte. Nichts wurde ausgelassen. Viele Begebenheiten waren peinlich und ungehörig, besonders sein Verhalten gegenüber seinen Mitmenschen war ohne jedes Empfinden für ihre Gefühle. Nun musste er sich nicht nur ansehen, wie schlecht er sich benommen hatte, sondern auch die Pein am eigenen Leib erfahren, die seine Schmähungen und Demütigungen den anderen zugefügt hatten. Allerdings glaubte er auch jetzt noch, dass die Leute selbst Schuld hatten, weil sie seine vorrangige Stellung und seine außergewöhnlichen Fähigkeiten nicht erkannten. Dass man ihm den Spitznamen Graf Protz gegeben hatte und hinter seinem Rücken benutzte, setzte ihm besonders zu. Er konnte nicht einsehen, dass er sich selbst völlig überschätzt und auf einen Thron platziert hatte, der viel zu groß für ihn war. Obwohl er sein Leben nochmals live von Gerry präsentiert bekam, erkannte er nicht, dass seine Unbescheidenheit und Unverfrorenheit ihm schließlich wirtschaftlich und privat das Genick gebrochen hatten.

Jetzt hätte er am liebsten einen großen Whiskey runtergekippt, um das Erlebte zu verdauen. So wie er es immer gemacht hatte, wenn er Unerfreuliches und Unliebsames verdrängen wollte.

Gerry konnte Eddis Gedanken fühlen. Er war für einen Moment irritiert. Wie konnte es sein, dass dieser Mann sich trotz der Lebensrückschau nicht besinnen wollte, sondern einfach so weiter machte wie bisher?

Konsequenz

„Hör mal zu", sagte Gerry. „Macht das denn überhaupt nichts mit dir, was ich dir gerade gezeigt habe? Ist dein einziges Verlangen jetzt ein Glas Whiskey? Abgesehen davon, dass du das Glas gar nicht anheben könntest, würde der Drink einfach durch dich hindurchfließen."

Gerry hatte schon bei seinen Schulungen davon gehört, dass bestimmte Süchte aus dem körperlichen in den feinstofflichen Bereich mitgenommen werden konnten. Hier erlebte er es zum ersten Mal. Viele Menschen glauben, mit dem Tod sei alles anders. Aber dem ist definitiv nicht so. Der Mensch lebt zunächst einmal für längere Zeit in dem Bewusstsein, das er sich auf der Erde erarbeitet hat. Das heißt im Klartext, dass aus einem Menschen mit einem niedrigen Bewusstsein durch den Tod keinesfalls umgehend ein Erleuchteter wird. Oder anders ausgedrückt: Aus einem Mörder wird kein Heiliger. Und so nehmen die Menschen auch ihre niederen Eigenschaften mit in die geistige Welt. Die Süchte und Neigungen kleben nach wie vor an den geistigen Energiekörpern und bilden die Sphären, in denen sich die Geister bewegen. Das Gesetz der Anziehung bildet Umgebungen, in denen Gleichgesinnte leben und ihren Anlagen nach handeln. Da gibt es die dunklen Sphären der

Räuber und Mörder, der Trinker und Junkies, der Lügner und Betrüger. Ebenso gibt es die hellen und freundlichen Sphären, die dem göttlichen Licht schon wesentlich näher sind. In einer solchen hatte Gerry sein Zuhause. Alle Sphären sind wie Stufen einer Treppe zu sehen, die nach oben führt, hinauf in die hellsten Höhen der göttlichen Präsenz. Je höher das erreichte Bewusstsein ist, umso weiter steigt der Geist in höhere Sphären auf. Wie in der Schule kann dabei keine Klasse übersprungen werden, ein Erstklässler kann nicht in die Abiturklasse gehen. Und wer seine Lektionen nicht gelernt hat, wiederholt die Klasse. Ein gerechtes System der Schöpfungsordnung, das jedem Individuum erlaubt, seinen Fortschritt selbst zu bestimmen. Jeder hat also sein Schicksal im Rahmen seiner eigenen Evolution, seines Wachstums, selbst in der eigenen Hand.

Eddi sah ein, dass er im Moment nicht in der Lage war, sich einen Drink zu machen. Abgesehen davon gab es hier im Krankenhaus wohl auch keine gut bestückte Bar. Insgesamt war er überhaupt nicht zufrieden mit seinem Zustand und der Typ, dieser Gerry, nervte ihn.

„Das ist ja alles schön und gut, was du mir da auftischst", sagte er zu Gerry. „Aber was kann ich dafür, dass ich mein Leben lang nur mit unfähigen Trotteln umgeben war? Was habe ich denn im vorigen Leben falsch gemacht, dass mir jetzt solch ein Leben zugemutet wurde?"

Obwohl in Gerry mittlerweile schon so etwas wie Verzweiflung und Ratlosigkeit hochstieg, gab er sich alle Mühe, das Gespräch mit Eddi in einem liebevollen Ton weiterzuführen. „Dein vorheriges Leben war eigentlich ganz in Ordnung, soweit ich es beurteilen kann. Deshalb bist du auch in eine privilegierte Familie hineingeboren worden. Du hattest alle Möglichkeiten, dich in geistigen Fragen weiterzubilden und nach dem tieferen Sinn des Lebens zu forschen. Nicht vielen Menschen ist solch ein Lebensstil vergönnt, in dem du den größten Teil deines Lebens schwelgen konntest. Dabei hast du jedoch etwas essenziell Wichtiges völlig vergessen: die Dankbarkeit. Alles, was dir geschenkt worden war, hast du als selbstverständlich angesehen und wolltest immer mehr davon. Die ganze Welt sollte sich um dich und deinen Glanz drehen. Siehst du nicht ein, dass jetzt ein Punkt gekommen ist, die Dinge neu einzuordnen, Fehler zu bereuen, umzukehren und endlich deinen Platz als Rädchen im großen Werk der Schöpfung einzunehmen?"

„Ich glaube, es ist Zeit, diese Unterhaltung jetzt zu beenden", sagte Eddi gereizt und stürmte aus dem Raum. Er hatte keine Lust mehr, sich mit Gerry auseinanderzusetzen. Er wollte sich die Vorwürfe nicht mehr anhören, denn er sah die Dinge ganz anders. Es wäre ihm jetzt sehr recht, wenn die Ärzte ihren Job machen und ihn zurück in den Körper holen würden. Er wüsste schon am besten, wie er dann weiterleben könnte.

Gerry war betrübt, dass seine Bemühungen im Gespräch mit Eddi nichts gebracht hatten, und folgte ihm in den Operationssaal, wo die Ärzte mittlerweile hektischer geworden waren.

„Wir verlieren ihn", rief der Chefarzt, während er besorgt auf die piependen und blinkenden Monitore blickte. Die Linien der Herzströme wurden zunächst zackiger, erst schneller und dann langsamer, bis plötzlich nur noch eine gerade Linie den Herzstillstand anzeigte.

„Weg vom Patienten", rief der Chirurg und setzte die großflächigen Elektroden für den Elektroschock an. Eddis Körper bäumte sich unter dem Stromschlag auf. Keine Reaktion auf dem Bildschirm. Noch einmal versuchte der Arzt die Wiederbelebung, aber auch dieses Mal kam keine Reaktion mehr.

Gerry und Eddi hatten die Aktion aus nächster Nähe mitverfolgt, als es einen kurzen, trockenen Laut gab. Offensichtlich hatten die Ärzte und Schwestern das nicht gehört und nicht wahrgenommen, aber Gerry wusste, dass jetzt die Silberschnur endgültig gerissen war. Die Silberschnur ist das Energieband, das den materiellen mit dem feinstofflichen Körper verbindet und schließlich im Tode reißt. Für Eddi gab es jetzt kein Zurück mehr.

Im gleichen Moment schien sich die hintere Wand des Operationssaales zu öffnen und eine weite, düstere Moorlandschaft war im wabernden Nebel zu erkennen. Auf einer Grasinsel mitten im Moor stand eine einsame Hütte. Gerry und Eddi waren völlig überrascht und schauten sich die Szene fasziniert an. Da kamen vom Flur zwei in dezentem Grau gekleideten Gestalten herein und nahmen Eddi einfach mit. Sie brachten ihn zur Hütte und im nächsten Moment war die Szene auch wieder vorbei und die Wand des Operationssaales sah wie vorher aus. Inzwischen hatten die Schwestern die Monitore ausgeschaltet und den Leichnam zugedeckt. Nach der bisherigen Hektik war jetzt eine fast andächtige Stille eingetreten.

Baldo, der plötzlich neben Gerry stand, sagte nur: „Ich bringe dich jetzt zu Leonhard, er will dich sehen."

Einen Augenblick später stand Gerry vor Leonhard. Seine Nähe tat ihm jetzt ausgesprochen gut, denn er fühlte sich doch etwas niedergeschlagen und erschöpft.

„Mein lieber Bruder Gerry", sagte Leonhard und seine sanfte tiefe Stimme gab Gerry sofort Kraft. „Du hast alles getan, um deinem Schützling zu helfen und ihm die Dringlichkeit verständlich zu machen, nun Verantwortung für sein bisheriges Leben zu übernehmen, die notwendige Reue zu zeigen und den Willen, sein Leben maßgeblich zu verändern. Es liegt nicht in deiner Macht, dass er deine Hilfe nicht angenommen hat. Gott hat in seiner unendlichen Güte allen Menschen die Gnade des freien Willens geschenkt. Allerdings hat der perfekte Aufbau der Schöpfung auch zur Folge, dass alle Konsequenzen daraus selbst zu tragen sind.

Eduard von Hochstetten, wie er in diesem Leben hieß, wird jetzt die Gelegenheit und Zeit erhalten, über die Konsequenzen seines Lebens nachzudenken. Die Umgebung in der Sphäre, in die er gebracht wurde, entspricht seinem derzeitigen Bewusstseinszustand. Das ist wieder ein

Beispiel für die perfekte Organisation der Welt. Er selbst hat es jetzt in der Hand, durch einen Prozess der Erkenntnis sein letztes Leben aufzuarbeiten. Wie lange das dauert, ob Jahrzehnte oder Jahrhunderte, ist dabei nicht wichtig. Eines Tages wird auch in ihm die Sehnsucht nach mehr Licht in seinem Leben zur Triebkraft seines Strebens werden. Wenn er damit eine Art Dämmerung am Horizont herbeirufen kann, wird er diesem Licht folgen und schließlich in eine freundlichere Sphäre gelangen. Auch dieses Fortschreiten kann lange Zeit in Anspruch nehmen. Mit zunehmender Erkenntnis wird der Wunsch nach einer neuen Verkörperung und einem weiteren Leben auf der Erde in ihm wachsen. Das ist der von Gott gewollte Weg der Entwicklung und des Wachstums, jeder für sich und doch alle gemeinsam.

Die Menschheit hat in weiten Teilen kaum Kenntnis von den ewigen und ehernen Schöpfungsgesetzen genommen, obwohl es genug Quellen gibt. Wer wirklich mit dem Herzen nach Antworten sucht, der wird sie auch finden. Das Leben selbst ist der beste Lehrmeister und viele Geheimnisse werden erst bei genauerer Betrachtung und Hinterfragung entschleiert. Demut und Dankbarkeit sind die Attribute, mit denen man schneller voranschreiten kann. In den modernen Zeiten haben Technik und Wissenschaft mehr Zuspruch als Spiritualität und Glauben. Aber auch diese Entwicklung, mein lieber Gerry, ist nur ein kurzer Moment in der Evolution der Erde. Was sind zweihundert Jahre im Vergleich zu den Millionen Jahren, seit es Leben und Entwicklung auf diesem Planeten gibt? Machen wir uns keine Sorgen und arbeiten wir weiter am göttlichen Plan in der Gewissheit, dass alles seinen Platz hat und stets nach den Gesetzen geschieht. Anders ist es nicht möglich. Ich segne dich und deine Arbeit, mein lieber Bruder."

Damit entließ Leonhard Gerry in seine Heimatsphäre, wo das herrliche Licht leuchtete und der Frieden und die Liebe Gottes waltete. Dieses Mal war Gerry besonders um die Auszeit zur Erholung dankbar, denn die Episode mit Eddi hatte ihm ganz schön zugesetzt und er brauchte noch länger, um die Geschehnisse zu verarbeiten.

Kapitel 4 – Tina

Punks

Als Baldo unvermittelt neben Gerry stand, fühlte sich Gerry erholt und bereit zu einer neuen Aufgabe. Beide Engel mussten nichts miteinander bereden, denn das Prozedere war schon wiederholt ausgeführt worden, und so standen sie binnen eines Augenblicks in einer Bauruine vor einem Mädchen im Teenageralter.

„Das ist Tina", sagte Baldo und war gleich wieder verschwunden.

Gerry sah sich zunächst einmal die Umgebung an. Das Gebäude war vielleicht ein altes Bürohaus mit mehreren Etagen. Man hatte es entkernt, damit es abgerissen werden konnte. Anscheinend war dann aber nichts mehr passiert und es bröckelte wohl schon seit Jahren vor sich hin. Von der fensterlosen Öffnung in der Wand konnte Gerry sehen, dass das Haus auf einem größeren verlassenen Werksgelände stand und unten schon Büsche und kleine Bäume von alleine mit einer Art Renaturierung des Geländes begonnen hatten. Im Raum befanden sich zwei alte Matratzen mit einigen Decken sowie eine

leere Kabeltrommel als Tisch und zwei abge-
wetzte Stühle sowie ein alter Sessel, dessen Mus-
ter im Stoff kaum mehr zu erkennen war. Jede
Menge Flaschen, Plastiktüten und anderer Ver-
packungsmüll rundeten die Einrichtung ab. Ein
altes Batterieradio spielte von einer Kassette einen aggressiven Rock und intensivierte die negative Schwingung, die Gerry hier deutlich zu spüren bekam.

Gerry näherte sich dem Mädchen und nahm
es genauer in Augenschein. Sie hatte eigentlich
ein hübsches Gesicht, war aber stark schwarz ge-
schminkt, was sie in seinen Augen keineswegs
schöner machte. Sie war mit einem schwarzen T-
Shirt, einem schwarzen Lederrock und schwarzen Netzstrümpfen bekleidet und ihre Füße
steckten in Springerstiefeln, die mit Farbe be-
sprüht waren, ebenso wie der Rock. Tina hatte
leuchtend rot gefärbte Haare, die in einem form-
losen Durcheinander vom Kopf hingen. Im Gesicht trug sie allerlei Silberschmuck aus kleinen
Nadeln, Steckern und Ringen in der Nase, den
Lippen und den Ohren. Gerry wunderte sich,
wozu das gut sein sollte. Er wusste aus einer
Schulung über den menschlichen Körper, dass
gerade an diesen Stellen viele Nervenenden lagen und diese Verletzungen zu Irritationen im
gesamten Körper führen konnten. Gerry musste

wieder an die Selbstbestimmung und die freie Wahl denken, die jeder im Leben hat. Er fragte sich, warum die Menschen mit ihrem Körper nicht so zufrieden waren, wie Gott ihn ihnen geschenkt hatte. Für Gerry sah das nicht nach einer Verschönerung aus, sondern eher nach einer offensichtlichen Unzufriedenheit mit sich selbst und einer Auflehnung gegen eine Normalität der natürlichen Gegebenheiten. Die von Gott gegebene Schönheit reichte offensichtlich nicht. Der Mensch glaubte, sich noch verbessern zu können. Gerry durfte sich nicht weiter in diese Gedanken verlieren, sondern musste sich jetzt ganz auf seine Aufgabe konzentrieren.

Gerade kam ein junger Mann das Treppenhaus herauf und stapfte über den Flur in den Raum.

„Hey Mike", fragte Tina, „warst du erfolgreich?"

„Na klar", sagte Mike, „gleich kann´s losgehen."

Mike war etwas älter als das Mädchen und ebenfalls so bunt wie schwarz gekleidet. Seine Haare waren in grellem Grün gefärbt und standen in steilen Zipfeln vom Kopf ab. Die Seiten des Schädels waren kahl rasiert. In puncto Silberverzierungen schien er Tina noch um einiges zu übertreffen und seine Arme und der Hals waren fast ganz von schwarzen Tattoos bedeckt. Hierüber hatten die älteren Engel in den Schulungen erzählt, dass den Menschen das Wissen darüber fehle, welche Informationskraft manche Bilder und Symbole besitzen, besonders im negativen Bereich.

Wenn man diese als permanente Gravur auf die Haut aufbringt, wird der Körper ständig von diesen Informationen penetriert und das Bewusstsein kann damit in unliebsam niedrige Schwingungen versetzt werden. Das geschieht in einer für die Menschen nicht wahrnehmbaren, subatomaren Weise, die aber eine tatsächliche Gefahr für den feinstofflichen Energiekörper bedeuten kann. Auf Mikes Schulter saß Freddi, eine weiße Ratte. Die hatte Mike mal von einem Kumpel bekommen, der sie wiederum von radikalen Ökoaktivisten hatte, die Freddi bei einem Einbruch aus einem Labor mitgenommen hatten. Gerry hatte sich inzwischen Informationen aus der Akasha-Chronik besorgt und konnte somit einiges über Punks erfahren. Es handelte sich bei den Jugendlichen um enttäuschte Menschen, die sich oft selbst als wertlos oder zu kurz gekommen, ja von der Gesellschaft betrogen einschätzten. Ihr Äußeres und ihr soziales Verhalten sollten ganz bewusst darauf aufmerksam machen und die „normalen" Leute provozieren und schockieren. Dabei waren ihnen fast alle Mittel recht. Für die meisten Punks war dieser Lebensstil nur über eine begrenzte Zeit der Ausdruck ihrer Gesinnung, manche aber blieben für länger in der Hausbesetzerszene und schlossen sich den Autonomen an. Krach, Randale und Konfrontationen mit dem Staat und seinen Ordnungskräften wurden dann zu ihrem Alltag und es wurde selbst für hartgesottene Sozialarbeiter schwierig, Zugang zu ihnen zu bekommen. Alkohol und Drogen waren das tägliche Brot und viele rutschten dafür in die Beschaffungskriminalität ab. Gerry hatte Mitleid mit ihnen, denn er wusste um ihren inneren göttlichen Wesenskern, den sie aber im Laufe ihres Lebens immer stärker verschlossen hatten. Dennoch hatte Gott auch ihnen den freien Willen gegeben und es lag in ihrer eigenen Verantwortung, was aus ihnen wurde.

Tina

Nun wollte sich Gerry aber über Tina genauer informieren, denn ihretwegen war er ja wohl hierhin bestellt worden. Er suchte sich die Daten aus der Akasha-Chronik und ließ Tinas Leben vor seinen Augen wie ein Video abspielen. Ihr eigentlicher Taufname war Christina, aber seit der Kindheit nannten sie alle nur Tina. Als Tina vor 17 Jahren geboren wurde, hatte ihr Vater schon das Weite gesucht. Er hatte auf einem Schiff angeheuert, um einer Eheschließung mit Familiengründung und den Unterhaltspflichten zu entkommen. Bis heute wusste niemand, ob er auf See geblieben oder in einem asiatischen Land von Bord gegangen war und da ein neues Leben angefangen hatte.

Ihre Mutter war also mit der Versorgung und Erziehung des Kindes ganz allein betraut. Sie ging einer Vollzeitbeschäftigung in einem großen Chemiewerk nach und arbeitete hart dafür, sich und das Kind über die Runden zu bringen. Wann immer Zeit war, brachte sie sich in der Kirchengemeinde des Viertels ein und versorgte Alte und Kranke, denen es schlechter als ihr ging. Als Tina noch klein war, nahm sie sie zu den Besuchen mit und das lebhafte Kind erfreute alle mit seiner Fröhlichkeit. Die Mutter war nach ihrer ersten Erfahrung mit Tinas Vater eher zurückhaltend gegenüber Männern und fand deshalb auch keinen Anlass mehr, eine neue Partnerschaft aufzubauen. Als Tina in die Schule kam, zeigte sich, dass sie durchaus begabt war und den Lehrstoff schnell verinnerlichte. Allerdings kam sie jetzt nicht mehr so oft mit der Mutter zur Kirchengemeinde, weil sie sich vor ihren Mitschülerinnen schämte. Diese zogen sie nämlich als „Betschwester" auf und hänselten sie. Den meisten Jungen und Mädchen ging es deutlich besser als Tina, da beide Eltern arbeiteten und sich schon einen kleinen Wohlstand aufgebaut hatten, während Tina mit ihrer Mutter noch in der engen Wohnung im Plattenbau lebte. Mit der Zeit lehnte sich Tina gegen das Leben auf, das ihre Mutter führte und das sie irgendwie zu ersticken drohte.

Eines Tages lungerte Mike vor der Schule herum. Nach der letzten Stunde trödelte Tina so lange, bis alle anderen schon nach Hause verschwunden waren. Dieser Junge in den absonderlichen Klamotten mit den grünen Haaren zog sie an wie ein Magnet. Als sie sich neben ihn auf die Mauer vom Schulhof setzte, drehte er sich gerade eine Zigarette. Die sah komisch aus und roch auch anders als der Zigarettenrauch, den Tina kannte.

„Willste auch mal ziehen?", fragte Mike und bot ihr den Joint an. Tina hatte schon ein paar Mal bei Mitschülern an einer Zigarette gezogen, aber es hatte ihr nicht geschmeckt und sie hatte sich gefragt, warum die Leute rauchten. Jetzt aber stieg gleich so ein eigenartiges Gefühl von Schwindel in ihr auf, das sich so seltsam anfühlte, dass sie anfing, höchst albern zu lachen. Da musste Mike auch lachen und das Eis war gebrochen. An diesem Tag ging Tina das erste Mal nicht nach der Schule nach Hause, sondern mit Mike in den Abbruchbau. Mike zeigte ihr die weiße Ratte Freddi, die sie streicheln durfte. Überhaupt war der Typ ganz anders als ihre Mitschüler. Er strahlte Selbstbewusstsein aus, und vor allem machte er, was er wollte. Er ließ sich von niemandem in sein Leben reinreden und besuchte auch keine Schule mehr. Somit gab es auch keinen festen Tagesablauf für ihn und er war Herr seiner eigenen Zeit. All das imponierte Tina sehr und bald träumte sie davon, auch so ein Leben wie Mike führen zu können. Als sie an diesem Abend heimkam, hatte die Mutter schon bemerkt, dass das Mittagessen, das sie für Tina vorbereitet und in den Kühlschrank gestellt hatte, nicht angerührt worden war. Natürlich wollte die Mutter wissen, wo Tina gewesen war und ob sie ihre Hausaufgaben gemacht hatte.

Aber Tina wollte sich nicht ausfragen lassen und schloss sich in ihrem Zimmer ein. Von diesem Tag an wurde das Verhältnis von Mutter und Tochter immer schwieriger. Tina hing nachmittags immer öfter mit Mike ab und machte bei ihm auch die ersten Erfahrungen mit Alkohol. Ihre Mutter musste hilflos mitansehen, wenn Tina abends schwankend in die Wohnung kam und gleich ins Bett fiel. Auf die eindringlichen Appelle ihrer Mutter reagierte Tina nur mit wilden und unflätigen Beschimpfungen. Woher das Geld für diese neue, schreckliche Kleidung kam, sagte Tina auch nicht. Schließlich merkte die Mutter, dass Tina sich an dem Notgroschen, der sich im Küchenschrank in einer alten Blechdose befand, bedient hatte und auch verpacktes Essen aus dem Kühlschrank mitgehen ließ. In ihrer Verzweiflung wandte sie sich an den Pastor ihrer Kirchengemeinde, aber selbst er fand im Gespräch keinen Zugang mehr zu Tina. Stattdessen wurde auch er auf übelste Weise beschimpft. Manchmal kam Tina jetzt erst mitten in der Nacht nach Hause und ging wieder, nachdem sie den Kühlschrank geplündert hatte. Irgendwann konnte die Mutter das alles nicht mehr ertragen und nahm Tina nach hartem Ringen den Schlüssel zur Wohnung ab. Da sie sah, wie sich ihre Tochter immer weiter veränderte und sie nichts dagegen unternehmen konnte, war das die letzte Maßnahme, um sich selbst zu schützen. Auf dem Jugendamt hatte sie außer guten Ratschlägen keine Hilfe erhalten, wahrscheinlich hatten die es mit noch schlimmeren Fällen zu tun.

Gerry hatte jetzt genug gesehen, um zu verstehen, wie Tina hierhin gekommen war. Gerry konnte im Moment nichts anderes tun, als Tina und Mike zu beobachten. Er war sich sicher, dass der Moment kommen würde, an dem er gebraucht würde.

Gift

Mike hatte mittlerweile einige Utensilien aus seiner Jacke geholt und begann ein seltsames Werk. Über einer Kerze, die auf der Kabeltrommel stand und nachts als kümmerliche Beleuchtung diente, machte er in einem Löffel eine Flüssigkeit warm, in die er zuvor weißes Pulver geschüttet hatte. Tina schaute fasziniert zu, als das Zeug anfing zu kochen.

„Hast du dich jetzt entschieden", fragte Mike. „Bist du dabei?"

Mike hatte sich früher schon einmal eine Spritze gesetzt und war sich sicher, dass er den Konsum beherrschen konnte. Er zog zwei Spritzen aus der Tasche und einen kleinen Gurt mit Schnalle, um den Arm abzubinden.

„Komm her", sagte er zu Tina, „es kann nichts passieren. Ich bin dabei und du wirst fliegen, das verspreche ich dir."

Tina zögerte noch und war unsicher, sie hatte schließlich schon in der Schule im Chemieunterricht viel über Heroin und seine Wirkung gehört. Trotzdem wollte sie jetzt nicht kneifen. Und überhaupt, es schadete ja wahrscheinlich nichts, es einmal zu erfahren, dann wusste man, wie es ist. „Einmal ist keinmal", ging ihr durch den

Kopf, obwohl sie den Spruch immer doof gefunden hatte.

Mike hatte die Spritzen aufgezogen, band Tina den Arm ab und injizierte ihr den Schuss. Dann löste er den Gurt und machte dasselbe bei sich, während Tina auf der Matratze zurücksank, um sofort in einen euphorischen Zustand von Glückseligkeit einzutauchen, den die Droge ihr vorgaukelte. Auch Mike war ein paar Momente später völlig weggetreten.

Gerry hatte dem Treiben mit Entsetzen zugesehen. In seinen Schulungen hatten die älteren Engel öfter davon gesprochen, mit welchen Methoden sich die Menschen betäuben, um ihren Problemen aus dem Weg zu gehen und zu vermeiden, die Verantwortung zu übernehmen. Sie hatten alles über allgemeine Volksdrogen wie Alkohol, Nikotin und Medikamente erzählt, aber auch über die harten Drogen wie Kokain und Heroin informiert. Gerry wusste ganz genau, was hier gerade geschah und mit welchem Risiko diese Unvernunft einherging.

Mittlerweile war Tina bewusstlos und kurzatmig geworden. Sie war schweißgebadet und rang nach Luft. Gerry erkannte, dass jetzt keine Zeit mehr zu verlieren war. Er wollte helfen, aber wie? Auf der rein physischen Ebene konnte er nichts tun und bei dieser Art von Gift im materiellen Körper war mit feinstofflicher Energie höchstens eine Milderung der Symptome möglich, wenn überhaupt. Hier war aber jetzt auf der materiellen Ebene dringend Hilfe nötig, andernfalls würde Tina diesen Tag nicht überleben.

Plötzlich hörte Gerry ein Pfeifen und Rufen. Ein Mann rief nach seinem Hund, der unten auf dem Gelände zwischen den Büschen umherlief, die Nase immer am Boden. Wahrscheinlich hatte er die Spur eines Kaninchens aufgenommen, von denen es hier viele gab. Gerry hatte eine Idee. Er konnte eine sehr hohe Frequenz erzeugen, die nur von den feinen Ohren des Hundes gehört werden konnte. Wenn er Glück hatte, wurde das Tier neugierig und kam hier nach oben. Und tatsächlich, bald darauf hörte er das Hecheln des Hundes die Treppe hinaufkommen und im nächsten Moment stand er schnuffelnd und schwanzwedelnd vor Gerry und dem bewusstlosen Paar. Gerry wusste, dass der Hund ihn wahrnehmen konnte, und er forderte ihn durch aufmunternde Bewegungen und Rudern mit den Armen dazu auf, zu bellen. Unten hörte Gerry den Halter des Hundes lautstark rufen und schimpfen, aber es nutzte nichts, er musste sich die Treppen hinaufquälen, um seinen bellenden

Hund oben zurückzuholen. Als er endlich keuchend oben angekommen war und die Situation erfasst hatte, griff er sofort zum Handy und alarmierte die Rettung über 112.

Wenige Minuten später war die Sirene zu hören und der Notarztwagen kam fast bis zum Abbruchhaus vorgefahren. Die Sanitäter und der Arzt ergriffen sofort die nötigen Maßnahmen, um Tina zu reanimieren. Sie wurde intubiert, weil das Atmen schon ausgesetzt hatte, und sie bekam ein Gegenmittel, das die Wirkung der Droge auf das Gehirn abmilderte. Auch bei Mike wurden Gegenmaßnahmen eingeleitet, ihn hatte es aber nicht so schlimm erwischt wie Tina. Wahrscheinlich war die Dosis für Tina zu stark, denn Mike hatte noch nicht so viel Erfahrung. In Windeseile trugen die Retter Tina nach der Stabilisierung in den Transporter und rasten mit ihr in die nächste Klinik. Für Mike war ein zweiter Wagen bestellt worden.

Gerry hatte Tinas feinstoffliche Wesenheit unten zwischen den Büschen entdeckt. Sie saß dort zusammengekauert, weinte und sagte immer nur: „Was ist da los? Was ist da los?" Gerry legte seinen Arm um sie und versuchte, ihr mit seiner Engelenergie Trost zu spenden und Kraft zu geben. Selbst ihr feinstofflicher Körper sah jämmerlich aus.

Tina sah Gerry an und fragte erstaunt: „Wer bist du?"

„Dein Schutzengel", sagte Gerry sanft, „du kannst Gerry zu mir sagen. Werde jetzt erst einmal ruhig."

Die Belehrung

„Komm", sagte Gerry. „Setzen wir uns dort drüben auf die Mauer in die Sonne. Ich werde dir einiges erklären."

Tina folgte ihm ohne Widerworte und sie setzten sich nebeneinander auf die Mauer.

„Was ist passiert?", fragte Tina noch ganz benommen. „Ich fühle mich wie im Traum. Wieso kann ich dich jetzt sehen und mit dir reden? Ich dachte immer, dass die Geschichten über Engel so was wie Märchen für kleine Kinder sind. Ich glaube denen in der Kirche nämlich nicht. Die machen die Leute nur abhängig mit ihren schönen Versprechungen, weil sie an ihr Geld wollen. Meine Mutter ist auch auf die reingefallen."

„Weißt du, liebe Tina, du hast bis hierhin noch nicht viel vom Leben verstanden. Im Gegenteil, du bist auf einen Weg geraten, der dich ins Verderben führen wird, wenn du ihn weiter gehst. Ich bin hier, weil Gott die Schutzengel zu den Menschen geschickt hat, um ihnen zu helfen und zu dienen. Und wir tun das mit Freuden, auch wenn wir manchmal kein Gehör finden oder sogar abgelehnt werden. Ich hoffe, du hörst mir jetzt einen Moment lang zu, willst du das tun?", fragte Gerry.

„Meinetwegen", sagte Tina. „Ich weiß ja auch nicht, was gerade los ist. Erklär du mir das doch."

„Hör zu," sagte Gerry, „dein Körper ist jetzt gerade im Krankenhaus und wird intensiv behandelt. Durch die Injektion des Giftes hast du einen Atemstillstand erlitten und bist ins Koma gefallen. Das, was jetzt hier neben mir sitzt, ist dein Geistkörper, ein feinstofflicher Körper, der weiterlebt, wenn dein materieller Körper sterben sollte. Kannst du mir bis hierhin folgen?", fragte Gerry.

„Blödsinn", sagte Tina. „So was gibt es doch nicht. Wenn tot, dann tot. Sagen doch alle. Im Übrigen kenne ich dich gar nicht, woher weiß ich eigentlich, dass du mir nicht an die Wäsche willst?"

Gerry war baff, aber fing sich schnell wieder. Hier konnte wohl nur die harte Tour helfen, den Ernst der Lage zu begreifen. Also nahm er ohne weitere Worte Tinas Hand und im nächsten Moment standen sie auf der Intensivstation des Krankenhauses vor dem Bett, in dem Tinas Körper mit den Schläuchen im Mund und an den Armen lag, mit allerlei Kabeln an den Monitoren angeschlossen.

„He, was soll das Theater", rief Tina, „das bin ja ich. Aber ich stehe doch hier vor dem Bett, wie geht das? Und wie sind wir hierhin gekommen, wir haben doch auf dem Fabrikgelände auf der Mauer gesessen?" Jetzt schien Tina das erste Mal beeindruckt zu sein, jedenfalls sah sie Gerry mit einem ziemlich verzweifelten Gesichtsausdruck an.

„Ich wollte dir nur zeigen, dass ich die Wahrheit gesagt habe", sagte Gerry. „Es ist wirklich wichtig, dass du den Ernst deiner Lage erkennst. Nur dann kann ich dir vielleicht helfen."

„Aber ich wollte mit Mike ja nur mal die Wirkung ausprobieren, ich konnte ja nicht wissen, dass das passiert", sagte Tina und war wieder den Tränen nah. „Wir haben ja vorher schon gekifft und ein paar Bier getrunken, alles ganz easy."

„Nichts ist easy", sagte Gerry. „Du hast dich auf Dinge eingelassen, die du nicht kontrollieren kannst. Drogen sind Mittel, die die Menschen abhalten, Verantwortung für ihr Leben zu übernehmen. Sie führen die Menschen in einen Abgrund, der wesentlich tiefer ist, als sie es sich vorstellen können. Komm, wir beide machen jetzt eine Reise an den Rand dieses Abgrundes, damit du einen realen Eindruck von der Gefahr bekommst, in die du dich begeben hast."

Gerry nahm Tinas Hand und im nächsten Augenblick standen sie in einer düsteren Hafenkneipe. An der Theke saßen einige Männer, die palaverten und dabei tranken. Sie schwadronierten über alles, was in ihren Augen schlecht lief, angefangen bei der Politik über die Gurkentruppe ihres Fußballvereins und natürlich über ihre dummen Frauen und Kinder, die eigentlich nur Schläge verdient hatten. Dabei tranken sie Bier und zwischendurch Schnäpse. Je mehr sie tranken, umso mehr Verlangen nach Alkohol bekamen sie. Der Rauch ihrer Zigaretten umhüllte sie mit dichten Nebelschwaden. In diesem Dunst konnte man graue Gestalten erkennen, die sich um die auf den Barhockern sitzenden Trinker schlangen und wanden, aber anscheinend von diesen nicht bemerkt wurden. Tina sah Gerry fragend an.

„Sieh genau hin", sagte Gerry, „was hier gerade geschieht und was der Alkohol aus den Menschen macht. Man kann uns nicht sehen und wir können auch noch etwas näher herangehen."

„Was sind das für graue Gestalten?", fragte Tina. „Es sind Menschen, doch sehen sie anders aus, mehr durchsichtig und deutlich blasser."

Tina fing mittlerweile an, sich zu ekeln und ein bisschen zu gruseln.

„Genau das wollte ich dir hier zeigen", antwortete Gerry. „Das sind die Geistkörper von verstorbenen Trinkern. Sie wissen wahrscheinlich nicht einmal, dass sie gestorben sind und ihren materiellen Körper verlassen haben. Ob sie eine Leberzirrhose, ein Schlaganfall oder ein Herzinfarkt umgebracht hat, ist eigentlich völlig egal. Dadurch, dass sie in dem Bewusstseinsgrad sterben, den sie in der letzten Phase ihres Lebens erreicht haben, nehmen sie ihre Sucht nach alkoholischen Getränken mit in die jenseitige Welt. Sie sind deshalb noch derart mit dieser materiellen Welt verbunden, dass ihnen ein Aufstieg in höhere Sphären nicht möglich ist. In der Schöpfung ist das durch das Gesetz der Anziehung geregelt. Folglich zieht es diese armen Seelen, die wir auch erdgebundene Seelen nennen, immer wieder an Orte, wo Menschen ihrem schädlichen Verlangen zügellos nachgeben und ihre Sucht ausleben. Sie landen dann zum Beispiel wie hier in einer Kneipe und versuchen, sich so mit den Lebenden zu vereinen, dass auch sie in den vermeintlichen Genuss des Alkohols kommen, wenn sich der Trinker am Tresen diesen einverleibt. Weil sie selbst keinen Körper mehr haben, versuchen sie, sich anderer Körper zur Befriedigung ihrer Sucht zu bedienen."

Jetzt konnte Tina sehen und hören, wie zwei dieser grauen Wesen in Streit gerieten. Gerade hatte ein Trinker an der Theke sein Glas angesetzt, als beide gleichzeitig versuchten, ihm so nahe wie möglich zu kommen, um für einen kurzen Moment das Gefühl des Alkoholkonsums zu erleben.

„He, das ist meiner", schrie die eine Gestalt die andere an.

„Hau bloß ab, du Ratte", brüllte der andere zurück und schlug auf seinen Kontrahenten ein.

Völlig unbemerkt von dem Trinker und seinen Kumpanen entwickelte sich nun eine wüste Schlägerei der Geister hinter ihren Rücken. Dunkle Energiewolken stiegen auf und verdeckten nahezu die Szene. Gerry und Tina hatten genug gesehen. Tina war ganz still geworden. Gerry nahm wieder ihre Hand und im nächsten Augenblick standen sie hinterm Bahnhof vor einer kleinen Gruppe Junkies.

Während einer sich noch seinen Stoff kochte, hatte der andere schon die Nadel in der Vene und drückte den Inhalt der Spritze hinein. Der Dritte war inzwischen nicht mehr ansprechbar.

Tina sah jetzt zum ersten Mal, wie abstoßend und unwürdig Drogenkonsum ist. Sie ekelte sich und bereute, dass sie sich von Mike dazu hatte überreden lassen. Dann sah sie auf einmal die grauen Gestalten, die um die drei Fixer schleimten. Fragend sah sie Gerry an.

„Ja, das ist so ähnlich wie eben bei den Trinkern, aber noch viel gefährlicher", erklärte Gerry. „Auch diese Gestalten sind verstorbene Junkies, die einfach nicht mitbekommen haben, dass sie auf die andere Seite gewechselt sind. Sie wissen nicht, dass sie keinen Körper mehr haben und suchen nach Befriedigung ihrer Sucht dort, wo die Körperlichen zusammenkommen und konsumieren."

„Sieh genau hin, was geschieht", sagte Gerry. „Du wirst jetzt Zeuge davon, wozu Drogenmissbrauch führen kann."

Noch während er sprach, hatte sich der Junkie den Schuss gesetzt. Kurz darauf löste sich sein Geistkörper vom physischen Körper und waberte in kurzer Distanz herum, als würde er gleich seine Form verlieren und in viele kleine Stücke zerbröseln wollen. Als die erste der grauen Gestalten das bemerkte, sprang sie mit einem wahnsinnigen Geheul auf den besinnungslosen Junkie und rutschte in seinen Körper hinein. Tina hatte dem Treiben widerwillig, doch fasziniert zugeschaut. Was ging da ab? Sie blickte zu Gerry, der ihr nun auch dieses Geschehen erklärte.

„Wenn die Droge den Konsumenten in tiefe Bewusstlosigkeit reißt, öffnet sich für die verstorbenen Junkies die Türe zum Körper der noch lebenden einen Spalt weit. Diesen nutzen sie, um ebenfalls in den Körper hineinzuschlüpfen und in den Genuss des Drogenrausches zu kommen. Lässt die Wirkung der Droge nach, kommt es unweigerlich zum Konflikt der beiden Geistkörper oder Seelen, da in einem Körper von Natur aus auch nur ein Geist wohnen sollte. Meistens können die ungebetenen Gäste wieder abgeschüttelt werden, wenn der Rausch vorbei geht, aber manchmal bleiben sie auch für länger. Bei den Alkoholabhängigen, den starken Trinkern, geschieht so etwas recht häufig. Hast du nicht schon mal in der Fußgängerzone Trunkenbolde gesehen, die mit jemandem reden, der offensichtlich gar nicht da ist? Man sagt ja auch manchmal: Der hat einen neben sich gehen. Genau das ist dann der Fall, wenn die Betroffenen einen solchen Geist bei sich und sich mit ihm arrangiert haben. Dann kann es sein, dass sie ihn wie einen Freund oder Bruder annehmen und mit ihm diskuticrcn. Sie hören seine Stimme, die ihnen dies und das einflüstert. Von manchen Gewalttätern hört man hinterher, dass ihnen eine Stimme den Auftrag zur Tat erteilt habe."

„Aber das ist ja furchtbar", sagte Tina ganz erschüttert. „Ich habe davon nie etwas gehört, ist das denn überhaupt allgemein bekannt?"

„Das weiß kaum jemand", antwortete Gerry, „das liegt daran, dass die Wissenschaft die Existenz einer feinstofflichen oder geistigen Welt generell ablehnt und deshalb die wahren Gründe für viele dieser Fälle nicht erkennt. Die menschliche Wissenschaft benennt diese Vorgänge als Krankheit mit dem Wort Schizophrenie oder auch Persönlichkeitsspaltung. Dabei hatte schon in der ersten Hälfte des vorigen Jahrhunderts der amerikanische Arzt Dr. Carl Wickland eine empirische Arbeit zu diesem Phänomen, das man „Besetzung" nennt, geleistet und auch für die Medizin dokumentiert. Viele medial begabte Menschen befassen sich mit diesem Phänomen der erdgebundenen Seelen, die aus Unwissenheit und Egoismus an noch im Körper lebenden Menschen anhaften. Natürlich entspricht dieses Verhalten nicht den Schöpfungsgesetzen, kann aber aus Gründen des freien Willens möglich sein. Diese erdgebundenen Seelen laden sich allerdings durch ihr Handeln sehr viel Schuld auf und es verlangsamt ihr Wachstum in bedeutendem Maß. Es gibt überall auf der Welt medial begabte Menschen, die sich darum bemühen, besetzten Mitmenschen zu helfen, wenn sie sich denn überhaupt helfen lassen wollen. Oftmals wird das wahre Problem erst in einer medialen Sitzung von Heilerin oder Heiler erkannt. Dann wird versucht, mit der Besetzerseele Kontakt aufzunehmen und ihr klarzumachen, welches Unrecht sie mit ihrem Tun begeht."

„Gibt es solche Besetzungen auch aus anderen Gründen, bei denen kein Alkohol oder Drogen im Spiel waren?", fragte Tina jetzt interessiert nach. Gerry freute sich sehr, dass sie offensichtlich bereit war, seinen Ausführungen zu folgen. Sie hatten sich mittlerweile von der dunklen Szene entfernt und saßen auf einer Bank auf dem Bahnhofsvorplatz, wo es deutlich heller und angenehmer war.

„Ja", sagte Gerry, „da sind zum Beispiel die Jugendlichen, die sich zum Spaß nachts auf Friedhöfen ein Stelldichein geben und dabei scheußliche Dinge tun. Sie hantieren mit dunklen Symbolen und Ritualen, von deren wahrer Bedeutung sie keine Ahnung haben. Damit locken sie auch solche Gestalten an, wie du sie eben gesehen hast. Friedhöfe sind Orte, an denen Körper bestattet werden und die Angehörigen in ihrer Trauer von den Verstorbenen Abschied nehmen können. Dabei wissen die wenigsten Menschen etwas über das Leben nach dem Tod. Deshalb glauben sie auch nicht, dass es einige Geister gibt, die so eng mit diesem materiellen Leben und damit ihrem Körper verbunden waren, dass sie sich noch in der Umgebung ihrer eigenen Gräber herumtreiben. Sie sind nicht böse, sondern nur verwirrt, weil sie nicht erkannt haben, was mit ihnen passiert ist. Und wenn dann Jugendliche nachts auf dem Friedhof ihr Unwesen treiben, werden sie natürlich angezogen und heften sich teilweise an sie. Aufgrund der dunklen Rituale können sie sich so stark anheften, dass es zu einer Besetzung kommt. Die Jugendlichen verändern sich dann für ihre Umwelt hin zu einer behandlungsbedürftigen Schizophrenie und enden am Schluss in der geschlossenen Psychiatrie."

„Du machst mir Angst", sagte Tina und verbarg ihr Gesicht in ihren Händen.

„Oh", sagte Gerry, „das tut mir leid. Das wollte ich nicht. Ich wollte dir nur einen Überblick darüber geben, in welche Gefahren sich die Menschen freiwillig begeben können. Jedes Ding und jedes Wesen hat seinen Platz da, wo es gerade ist. Alles läuft nach einem genialen und unfehlbaren göttlichen Schöpfungsplan ab. Der

Mensch, und das gilt für jeden Einzelnen, steht da, wo er sich bis jetzt hin entwickelt hat. Sein eigener freier Wille entscheidet, wie schnell er seine Lektionen lernt und damit seine persönliche Evolution vorantreibt. Ein großes Problem liegt leider darin, dass es zu wenig Akzeptanz gegenüber Gott, seinen Schöpfungsgesetzen und der geistigen Welt gibt. Seit die Menschen solche technologischen Sprünge wie die Industrialisierung und das Internet gemacht haben, wird ein Jenseits immer mehr geleugnet und der Fokus wird allein auf das Diesseits, die materielle Welt gerichtet. Das hat zur Folge, dass alles, was die Wissenschaft und Forschung nicht messen, wiegen oder in irgendeiner anderen Weise belegen kann, als null und nichtig und nicht existent betrachtet wird. Darunter fallen natürlich auch wir Engel. Ab und zu ist es jemandem möglich, so wie dir jetzt, aus einer extremen Situation heraus einen Blick hinter den Vorhang zu werfen und bestimmte Zusammenhänge zu erfassen. Was er dann damit macht, bleibt wieder seiner freien Entscheidung überlassen. Niemand bleibt auf Ewigkeit stehen, denn Stillstand gibt es nicht im Leben. Gott ist die Liebe und die Liebe ist das Leben, die treibende Kraft allen Seins. Und so gibt es auch keine ewige Verdammnis. Auch wenn es Jahrhunderte dauert, irgendwann wird selbst die dunkelste Seele genug von der Dunkelheit haben, die ihr vom eigenen Bewusstsein als Umgebung geschaffen wurde. Dann will auch sie näher zum Licht und schaut hinauf. Damit wird ein erster kleiner Schritt zur Reifung und Veränderung getan. Allein der Wunsch, der Dunkelheit zu entkommen, genügt, um Hilfe zu erhalten."

„Was geschieht jetzt mit diesen Alkis, Junkies und den dunklen Gestalten, die wir gesehen haben?", fragte Tina und war jetzt wieder etwas gefasster.

„Nun", antwortete Gerry, „das ist ganz ihre Entscheidung. Ihr Leben, ob noch im Körper oder schon ohne Körper, läuft so weit in eine Richtung, bis es nicht mehr weiter geht. Selbst an Orten tiefster Dunkelheit und Verzweiflung gibt es eine Möglichkeit zur Besinnung, Reue und Umkehr. Dabei möchte ich nochmals betonen, dass nicht etwa Gott oder die Schöpfung diese Orte oder Ebenen geschaffen haben, sondern dass sich die Menschen selbst aus ihrem Bewusstseinsstand heraus die Sphären schaffen, in denen sie nach dem Ablegen des körperlichen Gewandes leben. Diese Prozesse geschehen unbewusst und sind auch nicht Strafe oder Belohnung, sondern wieder eine logische Folge des freien Willens. Natürlich gibt es von diesen

Sphären unendlich viele, die sich in ihren Lebensbedingungen in feinen Nuancen unterscheiden, sodass ein kontinuierlicher Aufstieg jederzeit möglich ist."

Tina war ganz ergriffen und sagte: „Aber warum erzählt uns das niemand in der Schule? Das ist doch wichtig zu wissen."

Gerry lachte und sagte: „Die Lehrer können doch auch nur das vermitteln, was sie selbst wissen. Und ich habe dir ja vorhin schon gesagt, wie es hier mit eurer Forschung und Wissenschaft bestellt ist."

„Es muss aber doch noch einen anderen Weg als den in die Dunkelheit geben?", fragte Tina.

„Komm mit", sagte Gerry, nahm sie wieder bei der Hand und im nächsten Moment standen sie in der Kirche, die Tina so lange nicht mehr von innen gesehen hatte. Die Gemeinde feierte gerade einen Gottesdienst und hatte ein schönes Lied angestimmt, das Tina an ihre Kindheit erinnerte. Auf einmal fühlte sie sich von den warmen und liebevollen Schwingungen des Gesangs und von der hellen und freundlichen Atmosphäre im Gotteshaus wie mit einer warmen, kuscheligen Decke eingehüllt und sie hatte ein Glücksgefühl wie schon lange nicht mehr. Gerry öffnete für sie die Decke der Kirche und ließ sie in den Himmel schauen. Dort zeigte er ihr die Schönheit der himmlischen Gefilde und ließ sie den Frieden und die Freude spüren, die dort herrschten. Tina wurde von einer nie gefühlten Glückseligkeit erfasst, als sie die Schönheit der Schöpfung erkannte. Heiße Tränen liefen ihr die Wangen hinunter und ihr Herzensraum wurde so warm, dass sie glaubte, gleich zu zerspringen. Im nächsten Moment war die Decke der Kirche wieder verschlossen und der Kerzenruß mahnte einen längst überfälligen Anstrich an. Jetzt sah Tina ihre Mutter, die in einer der vorderen Bänke saß und dem Pastor lauschte, der gerade zum Gebet für Tina aufrief. Denn der Anlass dieser Feier war ein kollektives Gebet dafür, dass Tina wieder gesund werden möge. Tina war sehr bewegt, als ihr klar wurde, wie sehr ihre Mutter sie liebte, auch noch, nachdem sie im Streit gegangen war. Nach dem Ende der Feier blieben Gerry und Tina noch länger in der Kirche sitzen.

„Siehst du", sagte Gerry nach einer Weile, „das ist der Weg, den deine Mutter gewählt hat. Sie glaubt an Gott und seine Werke, sie vertraut darauf, dass alles gut wird, so wie es kommt. Du brauchst dazu keine Kirche oder die Mitgliedschaft in einer religiösen Gemeinschaft, aber es kann hilfreich sein. Deine Mutter fordert nichts und ist für alles Wenige dankbar, was sie hat. Sie arbeitet und bringt sich dafür ein, anderen zu helfen, denen es schlechter als ihr geht. Ihr Ziel ist eine dieser Sphären, die du soeben kurz gesehen hast und deren Schwingungen du erleben durftest. Wenn ich dich jetzt frage, für welchen Weg würdest du dich entscheiden?"

Tina kam nicht mehr dazu, Gerry zu antworten. Sie fasste Gerrys Hand, und der konnte sich genau vorstellen, was jetzt geschah. Von einer unglaublichen Kraft wurde Tina zu ihrem Körper gezogen und Gerry konnte an ihrer Hand mit Leichtigkeit folgen. Im nächsten Moment standen sie am Bett in der Intensivstation des Krankenhauses, wo der Arzt mit gespannter Miene am Fußende stand, während Tinas Mutter auf der Bettkante saß und ihre Hand hielt.

Gerry sah, wie Tina zurück in den Körper glitt, dann schlug sie auch schon die Augen auf.

„Tina", rief die Mutter tränenüberströmt, „Kind, was hast du nur gemacht? Jetzt wird alles gut, du hast viel Glück gehabt."

„Hallo Mama", hauchte Tina mit schwacher Stimme. „Danke für deine Gebete." Dann schloss sie die Augen und schlief vor Erschöpfung ein.

„Wir müssen ihr jetzt Zeit zur Erholung geben", sagte der Arzt zur Mutter.

Tinas Mutter war ganz still. Sie wusste nicht, was sie mit Tinas Worten anfangen sollte. Nach längerer Zeit des Überlegens kam sie aber zu dem Schluss, dass mit Tina eine Veränderung passiert sein musste. Das gab ihr Hoffnung.

Baldo und Gerry verließen das Krankenhaus und Gerry war sehr zufrieden mit dieser Arbeit.

Nachwort

Und so lief die Arbeit von Gerry, dem Schutzengel in spezieller Mission, immer in mehr oder weniger aufregenden Ereignissen ab. Wir könnten hier noch unzählige weitere Begebenheiten erzählen, aber der Sinn, weshalb uns Gerry Einblick in seine Arbeit erlaubt hat, ist doch mit diesen vier Geschichten ausreichend erklärt. Da jedes Menschenleben einzigartig verläuft, weil jeder Mensch einzigartig ist, können auch diese kurzen Momente aus dem Leben Einzelner nur als Bruchstücke dienen, die uns vielleicht einen neuen Blick auf das unendliche Puzzle der göttlichen Schöpfungsgewalt ermöglichen. Diese Erzählung will ermutigen, Fragen zu stellen und nach Antworten zu suchen. Dabei bleibt zu erwähnen, dass es die einzige Wahrheit, die für alle gilt, nicht gibt. Denn wie wir in den Handlungen der Protagonisten erkannt haben, steht jeder an einem momentanen Punkt seiner eigenen Evolution und wird auch nur bis zu der Wahrheit vorstoßen können, die diesem aktuellen Stand entspricht. Das sollte als Ermutigung verstanden werden, alle Möglichkeiten, die sich anbieten, bei der Suche nach der eigenen Wahrheit anzunehmen. Der Wille, diese Suche aufzunehmen, liegt bei jedem selbst. Diese Erzählung möchte jedenfalls Hoffnung machen, dass im Laufe der Suche immer mehr Früchte geerntet werden können, die das Leben harmonischer, glücklicher und erfüllter machen.

GODAFRID

Ebenfalls von GODAFRID erhältlich:

Spirituelle heilsame Mantras mit
meditativer Musik auf CD

7 Solfeggio-Frequenzen wurden in wissenschaftlich fundiertem Ton-Engineering erzeugt und in eine meditative, beruhigende Harmoniefolge eingebunden. Somit kommt der Hörer in den Genuss der den Solfeggio-Frequenzen zugesprochenen Heilungsenergie in Verbindung mit einem angenehmen Hörerlebnis zur Meditation, zur Beruhigung und als Unterstützung beim Einschlafen. Jede Frequenz läuft über ca. 9 Minuten und kann einzeln abgehört werden oder in chronologischer Folge hintereinander. Verstärkt und abgerundet wird die heilsame und beruhigende Wirkung dieser Musik durch die angenehme und wohltuende Verwendung des Mantras OM MANI PADME HUM, welches dem Erreichen der spirituellen Ziele beim Zuhörer dienen kann.

Weitere Informationen unter: **www.godafrid.de**

Zeitfracht Medien GmbH
Ferdinand-Jühlke-Straße 7
99095 Erfurt, Deutschland
produktsicherheit@kolibri360.de